UNA HABITACIÓN PROPIA

ALMA CLÁSICOS ILUSTRADOS

VIRGINIA
WOOLF

UNA HABITACIÓN PROPIA

Traducción de
Catalina Martínez Muñoz

Ilustrado por
Gala Pont

Título original: *A Room of One's Own*

© de esta edición:
Editorial Alma
Anders Producciones S.L., 2022
www.editorialalma.com

 @almaeditorial

© de la traducción: Catalina Martínez Muñoz
Traducción cedida por Alianza Editorial, S. A.

© de las ilustraciones: Gala Pont

Diseño de la colección: lookatcia.com
Diseño de cubierta: lookatcia.com
Maquetación y revisión: LocTeam, S.L.

ISBN: 978-84-18395-80-2
Depósito legal: B18774-2021

Impreso en España
Printed in Spain

Este libro contiene papel de color natural de alta calidad que no amarillea (deterioro por oxidación) con el paso del tiempo y proviene de bosques gestionados de manera sostenible.

ÍNDICE

CAPÍTULO 1[1]

Pero, me diréis, le pedimos que nos hablara de las mujeres y la literatura. ¿Qué tiene eso que ver con una habitación propia? Trataré de explicarme. Cuando me pedisteis que hablara de las mujeres y la literatura, me senté a la orilla de un río y me puse a pensar qué querían decir esas palabras. Quizá significaran simplemente unas cuantas observaciones sobre Fanny Burney, algunas más sobre Jane Austen, un tributo a las Brontë y un esbozo de Haworth Parsonage bajo la nieve; algún comentario ingenioso sobre Mary Russell Mitford, una alusión respetuosa a George Eliot, una referencia a Elizabeth Gaskell, y misión cumplida. Aunque, bien pensado, esas palabras podían entrañar un significado menos sencillo. Podían referirse, y quizá fuera esa vuestra intención, a las mujeres y a cómo son, o a las mujeres y la literatura que escriben, o a las mujeres y la literatura sobre las mujeres; o quizá significaran que las tres cosas están inextricablemente unidas, y así es como queríais que analizara la cuestión.

---

1 Este ensayo está basado en el texto de dos conferencias pronunciadas en la Arts Society de Newnham y la Odtaa de Girton, con algunas modificaciones y ampliaciones.

Sin embargo, al enfocarla de esta manera, que parecía la más interesante, no tardé en percatarme de que tenía un grave inconveniente. Jamás llegaría a ninguna conclusión. Jamás podría cumplir lo que a mi juicio es el principal deber de un orador: ofreceros, tras una hora de disertación, una semilla de verdad en estado puro que pudierais guardar entre las hojas de vuestros cuadernos de notas y conservar para siempre en la repisa de la chimenea. A lo sumo podría ofreceros una opinión sobre un asunto menor: que una mujer necesita dinero y una habitación propia para dedicarse a la literatura; y eso, como pronto se verá, deja sin resolver el gran problema de la verdadera naturaleza de las mujeres y la verdadera naturaleza de la literatura. He eludido el deber de llegar a una conclusión sobre ambas cuestiones: las mujeres y la literatura siguen siendo, en lo que a mí respecta, problemas sin resolver. De todos modos, trataré de explicaros cómo llegué a esta idea sobre la habitación y el dinero. Me propongo desarrollar en vuestra presencia, de la manera más completa y más libre que sea capaz, la secuencia de pensamientos que me llevaron a esta convicción. Es posible que, si expongo al desnudo las ideas y los prejuicios que subyacen a este aserto, comprendáis que guardan cierta relación con las mujeres y cierta relación con la literatura. En todo caso, cuando se aborda un tema tan controvertido —y cualquier cuestión relacionada con el sexo lo es—, no cabe albergar la esperanza de decir la verdad. Solo cabe explicar cómo se ha llegado a profesar determinada creencia. Solo cabe ofrecer al auditorio la oportunidad de extraer sus propias conclusiones a medida que observan las limitaciones, los prejuicios y las manías del orador. Es muy probable que, en este caso, la literatura contenga más verdad que la realidad. Me propongo por tanto, sirviéndome de todas las libertades y licencias del novelista, contaros la historia de los días previos a este momento: cómo, abrumada por el peso de la carga que me habíais encomendado, reflexioné sobre la cuestión y fui entretejiéndola en mi vida cotidiana. No es necesario que señale que lo que estoy a punto de describir no existe: Oxbridge es una invención, como también lo es Fernham. «Yo» es tan solo un término práctico referido a alguien que carece de existencia real. Brotarán mentiras de mis labios, pero puede que entre ellas aflore también alguna verdad. A vosotras os corresponde encontrarla y decidir qué parte de ella merece la pena conservar. De no ser así, naturalmente podéis tirarlo todo a la papelera y olvidarlo por completo.

El caso es que allí estaba yo (llamadme Mary Beton, Mary Seton, Mary Carmichael, o como queráis, pues el nombre no tiene ninguna importancia) hace una o dos semanas, un magnífico día de octubre, a la orilla del río, absorta en mis pensamientos. Esa carga a la que me he referido, las mujeres y la literatura, la necesidad de llegar a alguna conclusión sobre un asunto que suscita toda suerte de prejuicios y pasiones, me hacía agachar la cabeza. A derecha e izquierda unas matas de arbustos, dorados y carmesíes, ardían con el color del fuego, incluso parecían desprender su calor. En la otra orilla, los sauces llorones se entregaban a su lamento perpetuo, derramados sus cabellos sobre los hombros. El río reflejaba a su capricho una parte de cielo, de puente y de aire en llamas, y, cuando un estudiante en su barca de remos terminó de surcar los reflejos, estos volvieron a cerrarse por completo, como si nunca hubieran existido. Era un lugar perfecto para pasar las horas sumida en la reflexión. El pensamiento, por darle un nombre más noble de lo que merecía, hundió su caña en la corriente. Oscilaba de acá para allá minuto tras minuto, entre los reflejos y las hierbas; subía y bajaba a merced de las aguas hasta que —ya conocéis ese pequeño tirón— una idea se concentraba en el extremo de la caña, y llegaba entonces el momento de recoger cautamente el sedal y tender la captura con mucho cuidado sobre la hierba. Pero qué insignificante parecía ese pensamiento mío allí tendido en la hierba, como un pececillo que el buen pescador devuelve a las aguas para que engorde y algún día valga la pena cocinarlo y comérselo. No voy a importunaros con ese pensamiento, aunque si observáis con atención, quizá lo descubráis a lo largo del camino que vamos a recorrer.

Por pequeño que fuera, no dejaba de tener la misteriosa característica de su especie: al devolverlo a la mente, enseguida se volvió muy estimulante, muy importante; y al verlo coletear, saltar y zambullirse aquí y allá a la velocidad del rayo, produciendo tal chapoteo y tal tumulto de ideas, se me hizo imposible seguir sentada. Fue así como me encontré andando a paso ligero por un campo de hierba. La silueta de un hombre se irguió al punto para interceptarme el paso. Tampoco reparé al principio en que las gesticulaciones de un objeto de aspecto curioso, vestido de chaqué y camisa de etiqueta, se dirigían a mí. Su expresión denotaba indignación y horror. El instinto, más que la razón, acudió en mi ayuda: él era un bedel; yo era una mujer. Eso era el césped; allí estaba el camino. Solo los miembros del cuerpo docente y los becarios podían pisar el césped; el camino de grava era el lugar que me correspondía. Estos pensamientos fueron obra de un instante. En cuanto volví al camino, los brazos del bedel dejaron de gesticular, su rostro recobró su serenidad habitual, y aunque es más agradable caminar por el césped que por la grava, el daño no pasó de ahí. La única queja que podía presentar en contra de los profesores y los becarios de aquella facultad, fuera cual fuere, es que, en su afán de proteger aquel césped que llevaban tres siglos cuidando con tanto esmero, habían espantado a mi pececillo.

No recuerdo cuál fue la idea que me llevó a adentrarme tan audazmente en ese espacio prohibido. El espíritu de la paz descendió como una nube de los cielos, pues si el espíritu de la paz mora en alguna parte, es en los patios y jardines de Oxbridge una hermosa mañana de octubre. Paseando despacio entre aquellos edificios, con sus salas antiguas, la aspereza del presente parecía atenuarse por completo; el cuerpo parecía contenido en una prodigiosa vitrina de cristal que no dejaba penetrar sonido alguno, y el pensamiento, liberado de todo contacto con la realidad (a menos que volviera a pisar el césped), podía entregarse por entero a cualquier meditación que estuviera en armonía con el momento. Quiso el azar que un recuerdo perdido de un antiguo ensayo sobre una visita a Oxbridge en las vacaciones de verano trajera a mi memoria a Charles Lamb: «Saint Charles», dijo Thackeray, llevándose a la frente una carta de Lamb. Lo cierto es que, de todos los difuntos (os cuento mis pensamientos tal como entonces se presentaron), Lamb es uno de los que me resultan más afines; uno a los que me habría gustado preguntarle: «Cuénteme cómo escribió sus ensayos». Y es que sus ensayos, pensé, son superiores incluso a los de Max Beerbohm, con toda su perfección, por ese destello de imaginación desbordante, ese alarde de genio que estalla como un relámpago y los torna defectuosos, imperfectos, pero refulgentes de poesía. Lamb vino a Oxbridge hará cosa de un siglo. Escribió un ensayo —no recuerdo su título— sobre el manuscrito de uno de los poemas de Milton que aquí consultó. Quizá fuera *Lícidas*. Lamb refería lo mucho que le había impresionado la idea de que alguna palabra de *Lícidas* pudiera ser distinta de cómo es. Imaginar a Milton cambiando las palabras de ese poema se le antojaba un sacrilegio. Esto me llevó a recordar cuanto pude de *Lícidas,* y me entretuve tratando de adivinar qué palabras podría haber alterado Milton y por qué razón. Se me ocurrió entonces que el manuscrito que Lamb había consultado se encontraba muy cerca de allí, y que podría seguir los pasos de Lamb hasta la famosa biblioteca que alberga este tesoro. Además, recordé, mientras ejecutaba mi plan, que en esa famosa biblioteca también se conserva el manuscrito del *Henry Esmond* de Thackeray. La crítica, en general, coincide en que *Henry Esmond* es la novela más perfecta de Thackeray. Creo recordar, sin embargo, que la afectación del estilo y su imitación del lenguaje dieciochesco es un estorbo, a menos que ese estilo le fuera natural a Thackeray, lo que podría demostrarse consultando el manuscrito y comprobando si las alteraciones se hacían en beneficio del estilo o del sentido. Claro que entonces habría que

11

determinar lo que es estilo y lo que es sentido, cuestión esta que... Pero había llegado a la puerta de la biblioteca. Debí de abrirla sin darme cuenta, porque al instante, como un ángel custodio que me impedía la entrada con un revoloteo de faldones negros en lugar de alas blancas, apareció un disgustado y canoso aunque amable caballero, que, en voz baja, mientras me hacía señas para que me alejara, lamentó comunicarme que las mujeres solo podían entrar en la biblioteca acompañadas de un profesor o provistas de una carta de presentación.

Que una famosa biblioteca haya sido maldecida por una mujer deja del todo indiferente a la famosa biblioteca. Venerable y serena, con todos sus tesoros guardados a buen recaudo en su seno, duerme plácidamente, y por mí bien puede seguir durmiendo para siempre. Jamás volveré a despertar estos ecos, jamás volveré a solicitar su hospitalidad, me juré, mientras bajaba las escaleras, presa de indignación. Me quedaba todavía una hora libre antes de comer. ¿Qué podía hacer? ¿Pasear por las praderas? ¿Sentarme a la orilla del río? Lo cierto es que la mañana de otoño era deliciosa. Las hojas de los árboles, de un rojo muy vivo, revoloteaban hasta posarse en el suelo; ni una cosa ni la otra entrañaban esfuerzo alguno. Pero en ese momento llegó a mis oídos el sonido de la música. A pocos pasos de donde me encontraba se oficiaba algún servicio religioso o alguna celebración. El órgano desgranó su espléndido lamento cuando llegué a la puerta de la capilla. Incluso la tristeza del cristianismo, en aquel ambiente sereno, se asemejaba en su sonido más al recuerdo de la tristeza que a la propia tristeza; incluso los gemidos del viejo órgano parecían sumergidos en paz. No tenía ganas de entrar, aunque se me permitiera; quizá esta vez el sacristán me hubiera detenido para requerirme mi fe de bautismo o una carta de presentación del deán. De todos modos, el exterior de estos magníficos edificios suele ser tan hermoso como su interior. Además, me pareció suficiente distracción ver cómo se congregaban los fieles, cómo entraban y volvían a salir, atareados a las puertas de la capilla como abejas en la entrada de una colmena. Muchos llevaban birrete y toga; algunos se cubrían los hombros con una capa de piel; otros llegaban en silla de ruedas; y otros, aunque no habían pasado la edad madura, parecían arrugados y retorcidos en formas tan singulares como esos cangrejos gigantes o esas langostas que se arrastran fatigosamente sobre la arena de un acuario. Al apoyarme en la pared, la universidad me pareció en efecto una reserva natural para la conservación de especies raras, de especies que no tardarían en extinguirse si se las abandonara a la lucha por la supervivencia sobre el pavimento del Strand. Me vinieron a la mente viejas historias de deanes y profesores de tiempos pasados, pero antes de que lograra hacer acopio de valor para silbar —se decía que el anciano profesor X se lanzaba a galope tendido en el instante en que oía un silbido—, la venerable congregación ya había entrado en la capilla. El exterior seguía intacto. Como sabéis, sus cúpulas y sus pináculos, semejantes a un velero que navega eternamente y nunca llega a puerto, pueden verse de noche, iluminados, a muchos kilómetros de distancia, incluso al otro lado de las colinas. Es posible que antiguamente, también este patio, con su césped impoluto, sus recios edificios y la propia capilla fuesen un pantano en el que ondulaba la hierba y retozaban los jabalíes. Manadas de caballos y de bueyes, pensé, habían acarreado la piedra en carretas llegadas de lugares lejanos, y los canteros, con infinito esfuerzo, habían colocado a continuación las hileras de sillares grises a cuya sombra me encontraba en ese momento, y más tarde los pintores habían traído sus ventanas, y los maestros albañiles habían pasado siglos encaramados a los tejados, provistos de cemento, masilla, palustre y llana. Todos los sábados alguien derramaba un puñado de monedas de oro y plata de una bolsa de cuero en sus manos envejecidas, y esa noche disfrutaban de cerveza y bolos. Una interminable corriente de oro y plata, pensé, debió de fluir sin tregua hasta este patio para que las piedras siguieran llegando y los obreros trabajando, nivelando, abriendo zanjas, cavando y drenando. Pero aquella había sido la edad de la fe, y el dinero manaba entonces generosamente para asentar esas piedras sobre sólidos cimientos; y una vez levantados los muros, el dinero siguió manando de los cofres de reyes, reinas y grandes nobles para garantizar que aquí se entonaran himnos y que los profesores pudieran entregarse a la docencia. Se concedieron tierras y se pagaron diezmos. Y cuando la edad de la fe dio paso a la edad de la razón, el flujo de oro y plata no se vio interrumpido. Se fundaron cátedras y se crearon becas; solo que el oro y la plata llegaron entonces, no de los cofres de la realeza, sino de las arcas de comerciantes y fabricantes, de los bolsillos de hombres que habían hecho fortuna, por ejemplo, en la industria, y en su última voluntad se mostraban pródigos y deseosos de compensar con más sillas, más cátedras y más becas a las universidades en las que habían aprendido su oficio. De ahí las bibliotecas y los laboratorios, los observatorios y el espléndido equipamiento de carísimos y delicados instrumentos que hoy se exhiben en vitrinas, donde siglos atrás ondulaba la hierba y retozaban los jabalíes. Lo cierto es que, mientras paseaba por el patio, los cimientos de oro y plata me parecieron bien profundos y el pavimento sólidamente tendido sobre las hierbas silvestres. Hombres con bandejas sobre la cabeza corrían muy atareados de una escalera a otra. Las ventanas lucían en sus maceteros flores de vivos colores. De las habitaciones llegaba el sonido estridente de un gramófono. Era imposible sustraerse a la reflexión, pero la reflexión, fuera cual fuere, se cortó de cuajo. Sonó el reloj. Era hora de ir a comer.

Es curiosa esa manera que tienen los novelistas de hacernos creer que las comidas son siempre memorables, por algo muy ingenioso que en ellas se dijo o algo muy sensato que se hizo. En cambio, rara vez dedican una palabra a los alimentos. Forma parte de la convención del novelista no mencionar la sopa, el salmón o el pato, como si la sopa, el salmón y el pato carecieran por completo de importancia, como si nadie jamás fumara un cigarro o bebiera un vaso de vino. Aquí, por el contrario, me tomaré la libertad de desafiar esta convención para contaros que la comida, en esta ocasión, comenzó con lenguado, servido en una fuente honda, sobre la cual el cocinero de la facultad había extendido una colcha de nata blanquísima, aunque salpicada aquí y allá de manchas pardas, como los flancos de una hembra de gamo. A continuación llegaron las perdices, pero se equivocan quienes piensen en un par de pájaros calvos, de color marrón, dispuestos en un plato. Las perdices, muchas y variadas, iban acompañadas de un amplio séquito de salsas y ensaladas, picantes y dulces, todas en orden; las patatas, finas como monedas, pero no tan duras; las coles de Bruselas foliadas como capullos de rosa, pero más suculentas. Y en cuanto hubimos dado cuenta del asado y su séquito, el hombre silencioso que nos servía, quizá el propio bedel en una versión más amable, presentó ante nosotros, sobre una blonda, una confección de puro azúcar que emergía de las olas. Llamarlo pudin y relacionarlo por tanto con el arroz y la tapioca hubiera sido un insulto. Entre tanto, las copas de vino se habían teñido de amarillo y de granate, se habían vaciado y vuelto a llenar. Y así, poco a poco, se fue encendiendo en el centro de la columna vertebral, que es la morada del alma, no esa lucecita eléctrica que llamamos brillo, que se enciende y se apaga en nuestro labios, sino el fulgor más profundo, sutil y subterráneo que es la rica llama dorada de la unión racional. No hay necesidad de apresurarse. No hay necesidad de animarse. No hay necesidad de ser más que uno mismo. Todos iremos al cielo y Vandyck nos acompañará. Dicho de otro modo, qué estupenda parecía la vida, qué dulces sus recompensas, qué trivial esta rencilla o aquel agravio, qué admirable la amistad y la compañía de los demás en el momento de encender un buen cigarrillo y hundirse entre los almohadones del asiento empotrado bajo la ventana.

Si por fortuna hubiese habido un cenicero a mano, si, a falta de él, no hubiese tirado la ceniza por la ventana, si las cosas hubieran sido ligeramente distintas de como eran, quizá no habría visto pasar un gato rabón. La súbita visión del animal truncado que cruzaba el patio con sigilo cambió, por una carambola de la inteligencia subconsciente, mi luz emocional. Fue como si alguien abriera una cortina. Quizá el excelente vino del Rhin soltó sus amarras. Lo cierto es que, al ver que el gato sin rabo se detenía en mitad del césped, como si también él se interrogara sobre el universo, tuve la sensación de que faltaba algo, de que algo era distinto. Pero qué faltaba, qué era distinto, me pregunté, a la vez que prestaba oídos a la conversación. Y para responder a esta pregunta tuve que imaginarme fuera de la sala, regresar al pasado, a un tiempo incluso anterior a la guerra, y desplegar ante mis ojos la maqueta de otra comida celebrada en habitaciones no muy alejadas de aquellas, pero diferentes. Todo era diferente. La conversación proseguía mientras tanto entre los invitados, que eran muchos y jóvenes, de ambos sexos; fluía sin traba alguna, grata, libre y amena. Dispuse las palabras que oía alrededor sobre el telón de fondo de aquella otra conversación y, al compararlas, no tuve la menor duda de que la una era la descendiente, la legítima heredera de la otra. Nada había cambiado, nada era distinto y, sin embargo... puse toda mi atención no tanto en lo que se decía como en el murmullo o en la corriente que detectaba detrás de las palabras. Sí, era eso: allí estaba el cambio. Antes de la guerra, en una comida como aquella, los invitados habrían dicho exactamente las mismas cosas, pero habrían sonado distintas, porque en aquel entonces habrían ido acompañadas de una especie de rumor, no articulado, aunque estimulante y musical, que transformaba el valor de las palabras. ¿Podría contrastar ese rumor con las palabras? Quizá pudiera, con ayuda de los poetas. Tenía un libro al alcance de la mano, lo abrí, y topé por casualidad con Tennyson. Y he aquí que Tennyson cantaba:

Una espléndida lágrima ha caído
de la flor de la pasión junto a la verja.
Aquí llega, mi paloma, mi amada;
Aquí llega, mi vida, mi destino.
Grita la rosa roja: «Está cerca, está cerca».
Y solloza la blanca: «Llega tarde».
La espuela de caballero escucha y dice: «Oigo. Oigo».
Y susurra el lirio: «Espero».

¿Era eso lo que los hombres murmuraban en las comidas antes de la guerra? ¿Y las mujeres?

Mi corazón es como un ave canora
que anida en un retoño perlado de rocío.
Mi corazón es como un manzano
con las ramas rebosantes de frutos.
Mi corazón es como una concha irisada
en la orilla de un mar paradisíaco.
Mi corazón es más feliz que todos ellos,
porque mi amor ha venido a mí.

¿Era eso lo que murmuraban las mujeres en las comidas antes de la guerra?

Había algo tan absurdo en la idea de que la gente murmurase tales cosas para sus adentros en una comida antes de la guerra que me eché a reír, y tuve que explicar por qué me reía señalando al pobre gato, que resultaba un tanto ridículo, sin su rabo, en mitad del césped. ¿Habría nacido así o habría perdido el rabo en un accidente? El gato rabón, aunque se dice que hay algunos ejemplares en la isla de Man, es más raro de lo que parece. Es un animal extraño, pintoresco más que bonito. Es curioso lo mucho que puede cambiar un rabo. Ya sabéis las cosas que se dicen cuando termina una comida y los invitados van en busca de sus abrigos y sus sombreros.

Esta en concreto, por la hospitalidad del anfitrión, se prolongó hasta bien avanzada la tarde. El hermoso día de octubre comenzaba a declinar, y las hojas caían de los árboles sobre la avenida por la que iba paseando. Las verjas parecían cerrarse una tras otra a mi paso, con delicada determinación. Innumerables bedeles introducían innumerables llaves en cerraduras bien engrasadas; la guarida del tesoro se protegía para pasar una noche más. La avenida termina en una carretera, no recuerdo su nombre, que conduce hasta Fernham si se toma el oportuno desvío. Tenía tiempo de sobra. La cena no era hasta las siete y media, y tras una comida tan opípara podía pasarme sin cenar. Es curioso cómo una hebra de poesía empieza a tejerse en la mente y sincroniza el avance de las piernas a su ritmo. Esas palabras...

> Una espléndida lágrima ha caído
> De la flor de la pasión junto a la verja.
> Aquí llega, mi paloma, mi amada...

cantaban en mi sangre mientras caminaba a paso ligero en dirección a Headingley. Y luego, cambiando de compás allí donde las aguas se arremolinan junto a la presa, entoné:

> Mi corazón es como un ave canora
> que anida en un retoño perlado de rocío.
> Mi corazón es como un manzano...

¡Qué poetas!, exclamé a viva voz, como suele hacerse al atardecer. ¡Qué poetas eran!

Movida por una suerte de envidia, supongo, de esos tiempos pasados, di en pensar, por absurdas que sean esa clase de comparaciones, si honradamente podía nombrarse a dos poetas vivos de la altura de Tennyson y Christina Rossetti. Y, contemplando las aguas espumosas, concluí que la comparación era imposible. Si la poesía despierta en nosotros tal grado de abandono, tal éxtasis, es porque celebra un sentimiento que se ha experimentado alguna vez (en una comida antes de la guerra, quizá) y nos permite responder a ese sentimiento fácilmente, con familiaridad, sin molestarnos en analizarlo o en compararlo con ningún

18

otro sentimiento actual. No obstante, los poetas vivos expresan un sentimiento en gestación y nos lo arrancan en el acto. Al principio no lo reconocemos; a menudo, por alguna razón, lo tememos; lo examinamos atentamente y pasamos a compararlo, con celo y suspicacia, con el sentimiento antiguo. En eso radica la dificultad de la poesía moderna; de ahí que no seamos capaces de recordar más de dos versos seguidos de ningún buen poeta moderno. Por esta razón —que me falló la memoria— la argumentación se debilitó a falta de material. Pero, por qué, seguí pensando, mientras reanudaba el camino a Headingley, hemos dejado de tararear en voz baja durante las comidas. ¿Por qué ha cesado Alfred de cantar

> Aquí llega, mi paloma, mi amada?

¿Y por qué ha cesado Christina de responder

> Mi corazón es más feliz que todos ellos,
> porque mi amor ha venido a mí?

¿Echaremos la culpa a la guerra? Cuando comenzaron a estallar los cañonazos, en agosto de 1914, ¿de verdad se reflejó con tanta claridad en los semblantes de los hombres y de las mujeres, en las miradas que intercambiaron, que el romanticismo había muerto? Sin duda fue horroroso (principalmente para las mujeres, con sus fantasías sobre la educación y todas esas cosas) observar los rostros de nuestros gobernantes bajo el resplandor del fuego de artillería. Tan feos resultaban —alemanes, ingleses y franceses—, tan estúpidos. Sin embargo, con independencia de a quién culpemos, la ilusión que inspiró a Tennyson y a Christina Rossetti a cantar con tanta pasión la llegada de sus amores es ahora mucho menos frecuente. Basta con leer, con mirar, con escuchar, con recordar, para apreciarlo. Pero ¿por qué decir «culpa»? ¿Por qué, si fue una ilusión, no ensalzar la catástrofe, fuera cual fuese, que aniquiló la ilusión para sustituirla por la verdad? Porque la verdad... Estos puntos suspensivos indican el lugar donde, en busca de la verdad, olvidé tomar el desvío de Fernham. Sí, me pregunté, ¿qué era verdad y qué era ilusión? ¿Cuál era la verdad de aquellas casas, por ejemplo, tenues y festivas, con sus ventanas rojas, a la luz del crepúsculo, pero toscas y sórdidas, con sus dulces y sus cordones de botas, a las nueve de la mañana? Y de los sauces y el río y los jardines que descienden hasta sus orillas, vagos ahora, desdibujados por la bruma, pero dorados y rojos a la luz del sol: ¿cuál era la verdad y cuál la ilusión? Os ahorraré los vericuetos de mis cavilaciones, pues no llegué a ninguna conclusión camino de Headingley, y os pediré que supongáis que pronto caí en la cuenta de mi error y volví sobre mis pasos en busca del desvío.

Como ya he dicho que era un día de octubre, no me atrevo a perder vuestro respeto y poner en peligro el buen nombre de la literatura cambiando de estación y describiendo las lilas derramadas sobre las tapias de los jardines, los azafranes, los tulipanes y otras flores de primavera. La literatura debe ceñirse a los hechos, y cuanto más veraces sean los hechos, mejor será la literatura, según nos dicen. Seguía por tanto siendo otoño y seguían cayendo de los árboles las hojas doradas, si acaso más deprisa que antes, porque atardecía (eran las siete y veintitrés minutos de la tarde, para ser exactos), y se había levantado la brisa (del suroeste, para ser exactos). Y pese a todo, algo extraño estaba ocurriendo:

> Mi corazón es como un ave canora
> que anida en un retoño perlado de rocío.
> Mi corazón es como un manzano
> Con las ramas rebosantes de frutos...

Quizá las palabras de Christina Rossetti fueran en parte responsables de aquella fantasía delirante —pues no era sino pura fantasía— de que las flores del lilo se estremecían en las tapias de los jardines, de que las mariposas de azufre revoloteaban alegremente y el polen flotaba en el aire. Soplaba el viento, de dónde, no lo sé, pero levantaba las hojas dibujando en el aire un fogonazo gris plata. Era esa hora entre dos luces, cuando los colores se vuelven más intensos, y los púrpuras y dorados arden en los alféizares como el latido de un corazón impresionable; cuando, por alguna razón, la belleza del mundo revelada y sin embargo a punto de perecer (en ese momento entré en el jardín, pues alguien había cometido la imprudencia de no cerrar la puerta y no había ningún bedel a la vista), la belleza del mundo a punto de perecer, tiene dos filos, uno de risa, otro de angustia, que cortan el corazón por la mitad. Los jardines de Fernham se tendían ante mí en el crepúsculo primaveral, abiertos y silvestres, caprichosamente salpicados de narcisos y campanillas entre las altas hierbas, no muy ordenados quizá en sus mejores días, y agitados ahora por el viento que tiraba de sus raíces. Las ventanas del edificio, redondas como las de un barco entre generosas olas de ladrillo rojo, mudaban del limón al plata con el paso fugaz de las nubes de primavera. Alguien estaba en una hamaca, aunque bajo esa luz tan solo los fantasmas, mitad vistos, mitad adivinados, surcaban la hierba veloces. ¿Es que nadie iba a detenerme? Y entonces, en la terraza, como si se asomara a respirar el aire, a contemplar el jardín, surgió una silueta inclinada, formidable aunque humilde, de una mujer de frente amplia, con un vestido raído. ¿Sería la famosa catedrática, sería la propia J*** H***? Todo era tenue e intenso a la vez, como si una estrella o una espada rasgara el velo que el crepúsculo había tendido sobre el jardín, como si el relámpago de una terrible realidad estallara en el corazón de la primavera. Y es que la juventud…

Ahí estaba mi sopa. Ya estaban sirviendo la cena en el gran comedor. Lejos de ser primavera, era en realidad una tarde de octubre. Todo el mundo se había congregado en el gran comedor. La cena estaba lista. Ahí estaba mi sopa. Un simple caldo de carne. Nada en él estimulaba la fantasía. Bajo el líquido transparente podría haberse visto cualquier dibujo en el plato. Pero no había ningún dibujo. Era un plato liso. A continuación llegó la ternera, con su guarnición de patatas y verduras, esa trinidad doméstica que evocaba las ancas del ganado en un mercado fangoso, y las coles de Bruselas rizadas, con los bordes amarillos, y el regateo y la rebaja, y a las mujeres con sus bolsas de redecilla un lunes por la mañana. No había razón para quejarse de la comida diaria, puesto que la cantidad era suficiente y los mineros sin duda tenían que conformarse con menos. Le siguieron las ciruelas pasas y las natillas. Y si alguien protesta porque las ciruelas pasas, aun mitigadas por las natillas, son un vegetal poco caritativo (fruta no son), fibrosas como el corazón de un avaro, que rezuman un líquido como el que podría correr por las venas de los avaros que han pasado ochenta años privándose de vino y de calor y tampoco han dado nada a los pobres, debería recordar que hay personas cuya caridad abarca incluso a las ciruelas pasas. Sirvieron por último las galletas y el queso, y la jarra de agua circuló luego con liberalidad, pues las galletas son secas por naturaleza y esas eran galletas hasta la médula. Eso fue todo. La cena había concluido. Los comensales retiraron sus sillas; las puertas batientes oscilaron con violencia; el comedor no tardó en vaciarse de todo rastro de comida, para disponer, sin duda, el desayuno del día siguiente. La juventud inglesa se fue dando portazos por corredores y escaleras. ¿Podía una invitada, una extraña como yo (pues no tenía más derecho a estar aquí, en Fernham, que en Trinity o Somerville o Girton o Newnham o Christchurch), decir: «La cena no ha sido buena»; o decir (en ese momento estábamos, Mary Seton y yo, en su sala de estar): «¿No podríamos haber cenado aquí, a solas?». Decir algo semejante habría sido como husmear y fisgar en la economía secreta de una casa que presenta ante el extraño una fachada tan agradable de alegría y de coraje. No, no se podía decir nada por el estilo. Lo cierto es que la conversación decayó momentáneamente. Siendo lo que es la constitución humana, corazón, cuerpo y cerebro mezclados en lugar de contenidos en compartimentos estancos, como sin duda lo estarán de aquí a

22

un millón de años, una buena cena es de suma importancia para una buena conversación. No se puede pensar bien, amar bien, dormir bien, si no se ha cenado bien. Esa luz que reside en la columna vertebral no se ilumina con carne de vaca y ciruelas pasas. Es muy probable que todos vayamos al cielo y que Vandyck, así lo esperamos, nos salga al encuentro en la próxima esquina; tal es el dudoso y susceptible estado de ánimo que suscitan la carne de vaca y las ciruelas pasas al término de un día de trabajo. Por suerte, mi amiga, que daba clases de ciencias, guardaba en un armario una botella cuadrada y unos vasos de licor (aunque para empezar debiera haber habido lenguado y perdiz), de modo que pudimos acercarnos al fuego y reparar algunos de los daños del día. En cuestión de un minuto nos deslizamos libremente entre todos esos objetos de interés y curiosidad que se forman en nuestra mente en ausencia de una persona determinada y que resulta natural discutir cuando volvemos a verla: que si uno se ha casado y otro no; que uno piensa esto y otro piensa aquello; que uno ha mejorado contra todo pronóstico y otro, increíblemente, se ha echado a perder; nos entregamos a esas especulaciones sobre la naturaleza humana y el carácter del asombroso mundo en que vivimos, como es natural en tales comienzos. Sin embargo, mientras hablábamos de estas cosas, tomé conciencia, avergonzada, de que una corriente se iba formando por su propio impulso y lo arrastraba todo deliberadamente hacia su propio fin. Tanto si hablábamos de España como de Portugal, de libros como de carreras de caballos, el interés real de la conversación no estaba en ninguno de estos asuntos, sino en una escena de albañiles encaramados a un tejado cinco siglos atrás. Reyes y nobles traían sus tesoros en grandes sacos para derramarlos bajo la tierra. Esta escena estaba en todo momento viva en mi mente, junto a otra de vacas enjutas y un mercado fangoso y verduras mustias y los corazones fibrosos de hombres viejos: ambas imágenes, dispares, inconexas y absurdas como eran, se mezclaban sin descanso, pugnaban entre sí y me tenían enteramente a su merced. El mejor rumbo, para no distorsionar toda la conversación, era exponer lo que tenía en la cabeza, de manera que, con un poco de suerte, se esfumara y se convirtiera en polvo, como la cabeza del difunto rey cuando abrieron su ataúd en Windsor. Así, brevemente, le hablé a la señorita Seton de los albañiles que habían pasado tantos años en los tejados de la capilla, y de los reyes y reinas y nobles cargados con sacos repletos de oro y plata; y de cómo más tarde los magnates de nuestro tiempo llegaron provistos de cheques y obligaciones, para derramarlos, supongo, donde otros habían derramado en tiempos pasados lingotes y toscos pedazos de oro. Todo eso está enterrado bajo los edificios de la universidad, dije. Pero ¿qué hay debajo de este edificio en el que ahora nos encontramos, debajo de su gallardo ladrillo rojo y del césped sin cuidar de su jardín? ¿Qué fuerza se esconde tras la sencilla vajilla en la que hemos cenado y (se me escapó sin poder evitarlo) tras la carne de vaca, las natillas y las ciruelas pasas?

Bueno, empezó Mary Seton, allá por el año de 1860... Bah, tú ya conoces esa historia», dijo, supongo que aburrida del recital. Y me contó que habían alquilado habitaciones. Los comités habían deliberado. Habían escrito sobres. Habían redactado circulares. Habían celebrado reuniones; habían leído cartas en voz alta; fulano prometía tanto; el señor ___, por el contrario, no quería dar ni un penique. La *Saturday Review* ha sido muy grosera. ¿Cómo recaudar fondos para los despachos? ¿Deberíamos organizar un mercadillo? ¿No podríamos encontrar a una chica guapa para sentarla en primera fila? Veamos qué decía John Stuart Mill sobre el particular. ¿Puede alguien persuadir al editor de ___ para que publique una carta? ¿Conseguiríamos que lady___ la firmase? Lady ___ está fuera de la ciudad. Así fue como, presumiblemente, se hicieron las cosas hace sesenta años, y el esfuerzo fue prodigioso, y en él se invirtió una enorme cantidad de tiempo. Y solo tras una prolongada batalla y un sinfín de dificultades lograron reunir treinta mil libras.[2] Por eso, evidentemente, no tenemos ni vino ni perdices, ni sirvientes que lleven bandejas sobre la cabeza, dijo. Por eso no tenemos sofás ni habitaciones separadas. «Las comodidades —señaló, citando de algún libro—, tendrán que esperar».[3]

Al pensar en todas esas mujeres que habían trabajado año tras año y habían encontrado tantas dificultades para reunir dos mil libras, y tanto habían tenido que esforzarse para recaudar treinta mil, estallamos de indignación por la vergonzosa pobreza de nuestro sexo. ¿A qué se dedicaron nuestras madres para no poder dejarnos ninguna riqueza? ¿A empolvarse la nariz? ¿A mirar escaparates? ¿A exhibirse al sol en Monte Carlo? Había varias fotografías en la repisa de la chimenea. La madre de Mary —si el retrato era de ella— quizá fue una holgazana en sus ratos libres (se casó con un ministro de la Iglesia y tuvo trece hijos), pero, en tal caso, su vida alegre y disipada había dejado muy pocas huellas de placer en sus facciones. Era una mujer de su casa: una señora mayor, con un chal de cuadros sujeto con un camafeo. Sentada en una silla de enea, animaba a un spaniel a mirar a la cámara, con la expresión divertida aunque cansada de quien sabe que el perro se moverá inevitablemente cuando se encienda la bombilla. Ahora bien, si hubiera montado un negocio, si se hubiera dedicado a la fabricación de seda artificial o hubiera sido un magnate de la bolsa, si hubiera donado a Fernham dos mil o tres mil libras, su hija y yo esa noche estaríamos tranquilamente sentadas hablando de arqueología, de botánica, de antropología, de física, de la naturaleza del átomo, de matemáticas, de astronomía, de relatividad o de geografía. Si la señorita Seton, y su madre, y su abuela hubiesen

---

2 «Nos dicen que deberíamos pedir al menos 30000 libras... No es una gran suma, teniendo en cuenta que solo habrá una facultad como esta en toda Gran Bretaña, Irlanda y las Colonias, y a la vista de lo fácil que resulta recaudar inmensos fondos para las facultades de los chicos. Sin embargo, si se piensa que son muy pocos quienes desean que las mujeres reciban educación, es muchísimo.» Lady Stephen, *Life of miss Emily Davies*.

3 «Hasta el último penique que pudo arañarse se reservó para la construcción, y las comodidades tuvieron que dejarse para más adelante.» R. Strachey, *The Cause*.

aprendido el gran arte de hacer dinero y hubiesen legado su fortuna como hicieron sus padres y sus abuelos para crear cátedras, premios y becas femeninas, podríamos haber cenado a solas, en sus habitaciones, una carne de ave aceptable acompañada de una botella de vino; podríamos haber esperado sin incurrir en un exceso de confianza una vida agradable y digna al amparo de alguna de esas profesiones generosamente financiadas. En ese momento podríamos haber estado explorando o escribiendo; descubriendo los lugares venerables de la tierra; sentadas en las escaleras del Partenón y entregadas a la contemplación, o entrando en una oficina a las diez y volviendo cómodamente a casa a las cuatro y media para escribir un poco de poesía. Si la señora Seton y las mujeres como ella se hubieran dedicado a los negocios desde los quince años, esa era la pega del argumento, Mary no existiría. ¿Qué pensaría Mary al respecto? La noche de octubre asomaba entre las cortinas, serena y deliciosa, con un par de estrellas prendidas en los árboles dorados.

¿Estaba mi amiga dispuesta a renunciar a su parte de esa noche y a los recuerdos (pues había vivido en una familia feliz, aunque muy numerosa) de sus juegos y sus peleas en Escocia, una tierra que nunca se cansaba de elogiar por la pureza del aire y la calidad de su repostería, para que en Fernham hubieran recibido cincuenta mil libras de un plumazo? Y es que las donaciones universitarias exigían la supresión total de las familias. Hacer una fortuna y tener trece hijos no había ser humano capaz de resistirlo. Examinemos los hechos, dijimos. En primer lugar, pasan nueve meses antes del nacimiento. A continuación nace el niño. Hay que amamantarlo por espacio de tres o cuatro meses. Luego hay que pasar lo menos cinco años jugando con él. Por lo visto no se puede dejar que los niños correteen por la calle. Quienes los han visto corretear como salvajes en Rusia aseguran que no es un espectáculo gratificante. Otros sostienen que la personalidad se configura en los primeros cinco años de vida. Si la señora Seton, señalé, se hubiera dedicado a

ar dinero, ¿qué recuerdos tendrías de los juegos y las peleas
ntiles? ¿Qué sabrías hoy de Escocia, de su aire puro, de su re-
ería y de todo lo demás? De todos modos, es inútil hacer estas
untas, porque no habrías nacido. Y es igual de inútil pregun-
ué habría ocurrido si la señorita Seton, y su madre, y su abuela
eran amasado una gran fortuna y la hubieran enterrado bajo
mientos de la facultad y de la biblioteca, porque, en primer
, no podían ganar dinero y, en segundo lugar, de haber po-
la ley les negaba el derecho a poseer el dinero que hubiesen
do. Solo en los últimos cuarenta y ocho años la señora Seton
dido disfrutar de un penique propio. En todos los siglos ante-
, su dinero habría sido propiedad de su marido, y quizá esta
hubiera contribuido a que tanto la madre como la abuela de
miga Mary Seton jamás se acercaran a la Bolsa. Me arrebata-
asta el último penique que gano, se dirían, para que mi mari-
disponga de él a su recto saber y entender, quizá para financiar
a beca o una cátedra en Balliol o en Kings, de manera que ganar
inero, aun cuando pudiera, no me interesa demasiado. Mejor que
de esos asuntos se ocupe mi marido.

Ahora bien, tanto si la mujer que en la foto miraba al spaniel
era culpable como si no, a la vista estaba que por una u otra razón
nuestras madres habían administrado sus asuntos pésimamente.
No ha quedado ni un penique para «comodidades», perdices y vino,
bedeles y césped, libros y cigarrillos, bibliotecas y ocio. Levantar
paredes desnudas era todo cuanto habían logrado.

Charlamos de pie, junto a la ventana, contemplando, como
tantos miles de personas cada noche, las cúpulas y las torres de
la famosa ciudad tendida a nuestros pies. Era muy hermosa, muy
misteriosa a la luz de la luna de otoño. La piedra vieja parecía muy
blanca y venerable. Pensé en todos los libros reunidos allí; en los re-
tratos de antiguos prelados y hombres de mérito que colgaban en
las paredes forradas de madera; en las vidrieras que quizá en ese
preciso instante estarían proyectando extraños globos y medias

lunas sobre las aceras; en las placas y las inscripciones conmemorativas; en las fuentes y la hierba; en las habitaciones tranquilas que miraban a los patios tranquilos. Y (disculpadme el pensamiento), pensé también en el tabaco y el licor, en las mullidas butacas y las agradables alfombras; en el civismo, la genialidad y la dignidad, que son vástagos del lujo, de la intimidad y del espacio. Lo cierto es que nuestras madres no nos habían proporcionado nada comparable a todo aquello; nuestras madres, a quienes tanto había costado recaudar treinta mil libras; nuestras madres, que habían dado trece hijos a ministros de la Iglesia en St. Andrews.

Así regresé a la hostería donde me alojaba, y, mientras paseaba por las calles oscuras, reflexioné sobre esto y aquello, como es frecuente al término de un día de trabajo. Me pregunté por qué la señora Seton no pudo dejarnos ningún dinero, y qué consecuencias espirituales tenía la pobreza, y cuáles la riqueza; y me acordé de los extraños caballeros a los que había visto esa mañana, con sus capas de piel sobre los hombros; y de cómo, si alguien silbaba, uno de ellos echaba a correr; y pensé en el estruendo del órgano en la capilla y en las puertas cerradas de la biblioteca; y en lo desagradable que era quedarse fuera; y en que quizá fuera peor estar encerrado dentro; y, pensando en la seguridad y la prosperidad de un sexo y en la pobreza y la inseguridad del otro, y en las consecuencias de la tradición y la ausencia de tradición en el espíritu de un escritor, pensé finalmente que iba siendo hora de enrollar la arrugada piel del día, con sus razonamientos y sus impresiones, su rabia y su risa, y de arrojarla al seto. Un millar de estrellas centelleaba en la azul inmensidad del cielo. Tuve la sensación de hallarme sola, inmersa en una sociedad inescrutable. Todos los seres humanos dormían, mudos, en posición horizontal.

Las calles de Oxbridge parecían desiertas. Hasta la puerta del hotel se abrió de golpe al roce de una mano invisible; ni siquiera un botones me esperaba despierto para encender las luces, tan tarde era.

CAPÍTULO 2

La escena, si tenéis la amabilidad de seguirme, ha cambiado. Las hojas siguen cayendo de los árboles, pero ahora en Londres en lugar de Oxbridge. Y tengo que pediros que imaginéis una habitación como miles de otras, con una ventana que mira a los sombreros de la gente, a las furgonetas de reparto, a los coches y a otras ventanas; y en la habitación una mesa sobre la que reposa una hoja de papel con un título en letras mayúsculas: LAS MUJERES Y LA LITERATURA. Nada más. El corolario de una comida y una cena en Oxbridge parecía ser, por desgracia, una visita al Museo Británico. Tenía que desprenderme de todo cuanto de personal y accidental había en aquellas impresiones para extraer el fluido puro, el aceite esencial de la verdad. Y es que esa visita a Oxbridge, con su comida y su cena, había suscitado todo un enjambre de preguntas. ¿Por qué los hombres bebían vino y las mujeres agua? ¿Por qué un sexo era tan próspero y el otro tan pobre? ¿Qué consecuencias tiene la pobreza sobre la novela? ¿Qué condiciones son necesarias para la creación de obras de arte? Miles de preguntas se agolpaban a la vez. Pero yo necesitaba respuestas, no preguntas, y solo encontraría la respuesta consultando a los que saben y carecen de prejuicios, a los que se han elevado por encima de las disputas verbales y la confusión corporal y han ofrecido el resultado de su razonamiento y su investigación en los libros que alberga el Museo Británico. Si la verdad no se encuentra en los anaqueles del Museo Británico, ¿dónde, me pregunté, mientras sacaba un lápiz y una libreta, está la verdad?

Así provista, con esta confianza y estas preguntas, salí en busca de la verdad. El día, aunque no llovía, era lúgubre. En las calles aledañas al Museo las carboneras estaban abiertas y por ellas se derramaba una lluvia de sacos; varios coches de caballos se acercaron a la acera y depositaron en el suelo unas cajas atadas con cordeles que contenían, presumiblemente, el guardarropa completo de alguna familia suiza o italiana recién llegada a las casas de huéspedes de Bloomsbury para pasar el invierno, en busca de fortuna, refugio o alguna otra comodidad deseable. Hombres de voz ronca recorrían las calles con carretillas cargadas de plantas. Unos gritaban; otros cantaban. Londres era como una fábrica. Londres era como una máquina. A todos nos empujaban hacia adelante o hacia atrás sobre su superficie lisa para componer algún diseño. El Museo Británico era otro departamento de la fábrica. Las puertas se abrieron, y, tras cruzarlas, me encontré bajo la enorme bóveda, como si fuera tan solo un pensamiento surgido en la gigantesca y calva frente magníficamente ceñida por una guirnalda de nombres famosos. Me acerqué al mostrador, cogí un papel, abrí un volumen del catálogo y los cinco puntos suspensivos indican aquí cinco minutos de perplejidad, de sorpresa, de asombro. ¿Tenéis idea de cuántos libros han escrito las mujeres en el curso de un año? ¿Tenéis idea de cuántos han escrito los hombres? ¿Sois conscientes de que las mujeres quizá seamos el animal más discutido del universo? Allí estaba, provista de un cuaderno y un lápiz, con el propósito de pasar la mañana leyendo y la creencia de que en cuestión de unas horas habría logrado trasvasar la verdad a mi cuaderno. Sin embargo, tendría que ser yo una manada de elefantes, un ejército de arañas, pensé, aferrándome a los animales que tienen fama de vivir más años y de tener más ojos, para enfrentarme a tal empresa. Necesitaría garras de acero y pico de bronce siquiera para penetrar ese caparazón. ¿Cómo iba a encontrar las semillas de la verdad incrustadas en semejante masa de papel? Y, desesperada, recorrí con la vista la interminable lista de títulos. Hasta los títulos de los libros me proporcionaban materia de reflexión. El sexo y su naturaleza atraen como es lógico a médicos y biólogos, pero lo sorprendente, lo difícil de explicar era el hecho de que el sexo —es decir, las mujeres— también atraía a amenos ensayistas, a novelistas de gráciles dedos, a varones jóvenes que han cursado una licenciatura; a hombres sin estudios universitarios; a hombres sin más cualificación aparente que la de no ser mujeres. Algunos de aquellos libros eran por tanto frívolos y burlescos, pero muchos, por el contrario, eran serios y proféticos, morales y exhortatorios. Bastaba leer los títulos para imaginar a una multitud de directores de escuela, a una multitud de clérigos, encaramados en tribunas y púlpitos, disertando con una locuacidad que superaba con creces la hora de rigor destinada a los discursos sobre esta cuestión. Era un fenómeno extrañísimo; y, al parecer —consulté en este punto la letra H—, exclusivo del sexo masculino. Las mujeres no escriben libros sobre los hombres, hecho que no pude por menos que recibir con alivio, pues, si primero tenía que leer todo lo que los hombres han escrito acerca de las mujeres, luego lo que las mujeres han escrito sobre los hombres, el áloe que florece una vez cada cien años habría florecido dos veces antes de que yo pudiera empezar a escribir. Así, tras una selección completamente arbitraria de unos doce volúmenes, deposité mis fichas de peticiones en la bandeja de alambre y aguardé en mi asiento junto a otros buscadores del aceite esencial de la verdad.

¿Cuál podía ser la causa de tan curiosa disparidad?, me pregunté, al tiempo que dibujaba carretillas en las hojas de papel sufragadas por los contribuyentes británicos para otros fines. ¿Por qué las mujeres, a juzgar por aquel catálogo, resultan mucho más interesantes para los hombres que estos para las mujeres? Me pareció un hecho muy singular, y me puse a imaginar las vidas de los hombres que dedicaban su tiempo a escribir libros sobre las mujeres; a imaginar si eran viejos o jóvenes, casados o solteros, si tendrían la nariz roja y la espalda encorvada. De todos modos, era vagamente halagador sentirse el objeto de tanta atención, siempre y cuando dicha atención no procediera exclusivamente de los tullidos y los enfermos, y así continué reflexionando hasta que tan frívolos pensamientos se vieron interrumpidos por la avalancha de libros que se deslizó ante mí sobre el escritorio. Entonces se presentó el problema. El estudiante que ha aprendido a investigar en Oxbridge conoce sin duda un método para pastorear su pregunta sin dejarse distraer por nada, hasta que esta encuentra su respuesta como una oveja su redil. Estaba segura de que el estudiante que se hallaba a mi lado, sin ir más lejos, copiando sin parar de un manual científico, extraía pepitas de mineral puro y esencial cada diez minutos aproximadamente. Así lo indicaban sus leves gruñidos de satisfacción. Mas, por desgracia, para quien carece de formación universitaria, la pregunta, lejos de entrar en su redil, corre de acá para allá como un rebaño asustado, en estampida, perseguido por una jauría. Profesores, maestros de escuela, sociólogos, clérigos, novelistas, ensayistas, periodistas, hombres sin más cualificación que la de no ser mujeres, salieron a la caza de mi sencilla pregunta —¿por qué son pobres las mujeres?— hasta que esta se convirtió en cincuenta preguntas; hasta que las cincuenta preguntas se arremolinaron en mitad de la corriente y se dejaron arrastrar por ella. Había llenado el cuaderno de notas garabateadas en todas las páginas. Para que comprendáis cuál era en ese momento mi estado de ánimo, os leeré algunas; todas las páginas iban encabezadas por este epígrafe en mayúsculas: MUJERES Y POBREZA. Y lo que seguía era más o menos así:

Condición en la Edad Media de,
Hábitos en las islas Fiyi de,
Veneradas como diosas por,
Más débiles en lo moral que,
Idealismo de,
Mayor conciencia de,
Habitantes de las islas de los Mares del Sur, edad de la pubertad entre,
Atractivo de,
Ofrecidas como sacrificio a,
Pequeño tamaño cerebral de,
Subconsciente más profundo de,
Menor vello corporal de,
Inferioridad intelectual, moral y física de,
Amor a los niños de,
Mayor longevidad de,
Musculatura más débil de,
Intensidad de los afectos de,
Vanidad de,
Educación superior de,
Opinión de Shakespeare de,
Opinión de lord Birkenhead de,
Opinión del deán Inge de,
Opinión de La Bruyère de,
Opinión del señor Oscar Browning de…

Aquí tomé aire y escribí al margen: ¿por qué afirma Samuel Butler que «Los hombres doctos nunca dicen lo que piensan de las mujeres»? Los hombres doctos, por lo visto, no hablan de otra cosa. Pero, continué, reclinándome en mi silla y contemplando la enorme bóveda en la que yo tan solo era un pensamiento, aunque a esas alturas un tanto acuciado: ¿por qué es tan lamentable que los hombres doctos nunca piensen lo mismo sobre las mujeres? Veamos qué dice Pope: «La mayoría de las mujeres carecen por completo de personalidad». Y La Bruyère: «Las mujeres son extremas; son mejores o peores que los hombres…»

Una flagrante contradicción por parte de avezados observadores contemporáneos. ¿Se las puede educar o no? Napoleón las juzgaba incapaces. El doctor Johnson sostenía lo contrario.[4] ¿Tienen alma o no tienen alma? Algunos bárbaros afirman que no. Otros, por el contrario, aseguran que las mujeres son semidivinas, y las veneran por ello.[5] Ciertos sabios declaraban que tenían el cerebro más hueco; otros, que su conciencia era más profunda. Goethe las veneraba; Mussolini las desprecia. En todas partes, los hombres pensaban en las mujeres y pensaban de un modo distinto. Era imposible sacar nada en claro, concluí, mirando con envidia al lector que estaba a mi lado, haciendo pulcros resúmenes encabezados con una A, una B o una C, mientras que mi cuaderno era una confusión de garabatos frenéticos y observaciones contradictorias. Era descorazonador, era desconcertante, era humillante. La verdad se había escapado entre mis dedos; hasta la última gota.

De ningún modo podía volver a casa, me dije, y añadir como una aportación seria al estudio de las mujeres y la literatura que las mujeres tenían menos vello corporal que los hombres, o que las habitantes de las islas de los mares del Sur alcanzan la edad púber a los nueve años, ¿o es a los noventa? Hasta mi propia letra resultaba indescifrable, con tanta distracción. Era una desgracia no tener nada más sólido o respetable que mostrar al cabo de una mañana de trabajo. Y si no lograba dar con la verdad sobre M (así había empezado a llamar a las mujeres, por brevedad) en el pasado, ¿a qué molestarme por M en el futuro? Me parecía una pérdida de tiempo consultar con esos caballeros especializados en las mujeres y sus efectos sobre cualquier cosa —la política, los niños, los

---

4   «"Los hombres saben que no pueden competir con las mujeres y por tanto eligen a las más débiles o a las más ignorantes. Si no pensaran así no temerían que las mujeres supieran tanto como ellos."... En justicia al sexo femenino, no puedo por menos que reconocer con franqueza que, en una conversación posterior, me confesó que todo lo había dicho en serio.» Boswell, *The Journal of a Tour to the Hebrides*.

5   «Los antiguos germanos creían que había algo sagrado en las mujeres, y en consecuencia las consultaban como oráculos.» Frazer, *La rama dorada*.

salarios, la moralidad—, por numerosos e instruidos que fueran. Bien podía prescindir de sus libros.

Sin embargo, mientras reflexionaba, en mi desánimo, en mi desesperación, había ido esbozando inconscientemente un dibujo allí donde, como mi vecino, debiera estar redactando una conclusión. Había dibujado un rostro, una figura. Era el rostro y la figura del profesor von X embarcado en la composición de su obra monumental, titulada *La inferioridad moral, mental y física del sexo femenino.* No resultaba, en mi dibujo, un hombre atractivo para las mujeres. Era de complexión corpulenta y mandíbula prominente, y en compensación tenía los ojos muy pequeños y la cara muy colorada. Su expresión traslucía que trabajaba bajo el efecto de una emoción que le hacía acribillar el papel con la pluma, como si estuviera matando un insecto molesto. Pero no se dio por satisfecho tras haberlo liquidado; necesitaba seguir matando, y aun así, parecía quedarle algún motivo de rabia e irritación. ¿Sería su mujer, pregunté, contemplando mi dibujo? ¿Se habría enamorado de un oficial de caballería?

¿Era el oficial de caballería un hombre apuesto y elegante, vestido de astracán? ¿Se habría burlado del profesor alguna muchacha guapa, por adoptar la teoría freudiana, cuando aún se encontraba en la cuna? Pues ni siquiera en la cuna, pensé, el profesor había sido un niño guapo. Fuera cual fuere la razón, en mi dibujo aparecía muy enfadado y muy feo, mientras redactaba su gran libro sobre la inferioridad intelectual, moral y física de las mujeres. Hacer dibujos era una forma ociosa de concluir una inútil mañana de trabajo. No obstante, es en nuestros momentos de ociosidad, en nuestros sueños, cuando a veces aflora la verdad sumergida. Un ejercicio de psicología muy elemental, que no merecía el digno nombre de psicoanálisis, me había demostrado, al mirar mi cuaderno, que el dibujo del airado profesor estaba hecho con ira. La ira se había apoderado de mi lápiz mientras yo soñaba. ¿Qué hacía allí la ira? Interés, confusión, diversión, aburrimiento..., a todas estas emociones pude seguirles el rastro y ponerles nombre conforme se sucedieron en el transcurso de la mañana. ¿Acechaba tras ellas la ira, esa serpiente negra? Sí, decía el dibujo. Y esto me condujo inevitablemente al libro, a la frase que había despertado al demonio: la afirmación del profesor sobre la inferioridad intelectual, moral y física de las mujeres. Me dio un vuelco el corazón. Me ardieron las mejillas. Me puse roja de ira. No había en estas palabras nada especialmente notable, por absurdas que fueran. A una no le gusta que le digan que es inferior por naturaleza a un hombrecillo —miré al estudiante sentado a mi lado— que respira con dificultad, lleva una corbata de nudo prefabricado y no se ha afeitado en dos semanas. Una tiene sus tontas vanidades. Es la naturaleza humana, me dije, y empecé a dibujar ruedas de carro y círculos sobre el encolerizado rostro del profesor, hasta que pareció un arbusto ardiendo o un cometa llameante, una aparición en cualquier caso, sin semejanza o importancia humanas. El profesor se convirtió en un haz de leña que ardía en la cima de Hampstead Heath. Mi rabia no tardó en quedar explicada y extinguida, pero seguía picándome la curiosidad.

¿Cómo explicar la rabia de los profesores? ¿Por qué estaban enfadados? Y es que, al analizar la impresión que dejaban aquellos libros, siempre surgía un elemento de ardor. Ese ardor cobraba formas muy diversas; se expresaba con sátira, con sentimiento, con curiosidad, con reprobación. Pero siempre estaba presente otro elemento que no se dejaba identificar a primera vista. Lo llamé ira. Aunque se trataba de una ira soterrada y mezclada con multitud de emociones. A juzgar por sus extraños efectos, era una ira disimulada y compleja, no una ira simple y manifiesta.

Con independencia de cuál fuera el motivo, todos esos libros, pensé, examinando el montón apilado sobre la mesa, son inútiles para mis propósitos. Eran inútiles científicamente, aunque humanamente estuvieran llenos de instrucción, de interés, de aburrimiento y hasta de pintorescos datos sobre las costumbres de los habitantes de las Fiji. Se habían escrito a la roja luz de la emoción, no a la blanca luz de la verdad. Debían por tanto regresar al escritorio central para ser restituidos a su correspondiente celda del gigantesco panal. Lo único que había sacado en claro tras toda una mañana de trabajo había sido el dato de la ira. Los profesores —los metí a todos en el mismo saco— estaban muy enfadados. Pero ¿por qué, me pregunté, tras haber devuelto los libros, por qué, repetí, al verme bajo la columnata, entre las palomas y las canoas prehistóricas, están enfadados? Y formulándome esta pregunta eché a andar en busca de un lugar donde comer. ¿Cuál es la verdadera naturaleza de lo que por el momento estoy llamando su ira?, inquirí. El enigma se prolongó hasta que llegué a un pequeño restaurante de los alrededores del Museo Británico, hasta que me sirvieron la comida. Algún comensal había dejado en una silla la edición del mediodía del periódico vespertino y, mientras esperaba que me atendieran, me entretuve leyendo los titulares, por pasar el rato. Una línea en grandes caracteres surcaba la página. Alguien había alcanzado una puntuación muy alta en Sudáfrica. Líneas más finas anunciaban que sir Austen Chamberlain se encontraba en Ginebra. En un sótano se había hallado un hacha de carnicero con restos de pelo humano. El juez había señalado en el Tribunal de Divorcios la desvergüenza de las mujeres. Otras noticias salpicaban el periódico. En California habían descolgado a una actriz de cine desde la cima de un monte y la habían dejado suspendida en el aire. Se anunciaban nieblas. El más fugaz visitante de este planeta que encontrara ese periódico no dejaría de observar, aun con este testimonio desperdigado, que el gobierno de Inglaterra era un patriarcado. A nadie en su sano juicio se le pasaría por alto el dominio del profesor. Suyos eran el poder, el dinero y la influencia. Era el propietario del periódico, su editor y su subdirector. Era el ministro de Exteriores y el juez. Era el jugador de críquet; era el dueño de los caballos de carreras y de los yates. Era el director de la compañía que ofrece a sus accionistas unos dividendos del doscientos por cien. Donaba millones a obras de caridad y a universidades que él mismo dirigía. Suspendía en el aire a la actriz de cine. Será él quien determine si los restos de cabello hallados en el hacha son humanos; será él quien absuelva o condene al asesino, quien lo ahorque o lo deje en libertad. Parecía dominarlo todo menos la niebla. Y aun así estaba furioso. Supe que estaba furioso por un detalle. Cuando leí lo que había escrito sobre las mujeres, pensé no en lo que decía, sino en él. El disertador que diserta sin apasionamiento se centra únicamente en la disertación, de tal modo que el lector no puede por menos que reflexionar sobre la disertación. Si hubiera hablado de las mujeres sin apasionamiento, si se hubiera servido de pruebas irrefutables para exponer su razonamiento y no hubiera dado la menor muestra de preferir un resultado a otro, yo tampoco me habría enfadado. Habría aceptado los hechos, como se acepta el hecho de que un guisante es verde o un canario amarillo. Así sea, habría dicho. Lo que me indignó fue su ira. Y sin embargo, pensé, mientras hojeaba el periódico, era absurdo que un hombre con tanto poder estuviera furioso. ¿Sería la ira el duendecillo familiar, el ayudante del poder? La gente rica, por ejemplo, suele estar siempre enfadada, porque sospecha que los pobres quieren arrebatarles su riqueza. Los profesores o los patriarcas, como sería más exacto llamarlos, podrían estar enfadados en parte por la misma razón, y en parte por otra que no se aprecia tan fácilmente a primera vista. Quizá no estuvieran enfadados en absoluto; lo cierto es que, en su vida y sus relaciones privadas, con frecuencia eran hombres devotos, ejemplares y capaces de admiración. Cuando insistía con tanto énfasis en la inferioridad de las mujeres, quizá al profesor no le preocupara tanto la inferioridad de estas como su propia superioridad. Eso era lo que defendía con tanto ardor y tanto énfasis, pues se trataba para él de una joya de incalculable valor. Para ambos sexos —y los miré pasar por la ventana, abriéndose camino a codazos— la vida es ardua, difícil, una lucha perpetua. Exige un coraje y una fuerza de gigante. Más que nada, quizá, siendo como somos hijos de la ilusión, exige confianza en uno mismo. Sin esa confianza somos como recién nacidos en la cuna. ¿Cómo podemos desarrollar, lo más deprisa posible, esa cualidad imponderable y sin embargo tan valiosa? Pensando que otros son inferiores a nosotros. Sintiendo que uno tiene una superioridad innata sobre los demás, ya sea la riqueza, el rango, una nariz recta o el retrato de un abuelo pintado por Romney, porque los patéticos mecanismos de la imaginación humana son infinitos. De ahí la importancia capital para el patriarca que debe conquistar, que debe gobernar, el creer que mucha gente, la mitad de la humanidad, es por naturaleza inferior a él. Esa debe de ser una de las principales fuentes de su poder. Pero ¿y si aplicáramos la luz de esta observación a la vida real? ¿Ayudaría a desentrañar algunos de esos enigmas psicológicos que observamos en los márgenes de la vida cotidiana? ¿Ayudaría a explicar el asombro que sentí hace unos días, cuando Z, el más humano, el más modesto de los hombres, cogió un libro de Rebecca West, leyó un pasaje y exclamó: «¡Esta feminista redomada! ¡Dice que los hombres son unos esnobs!»? La exclamación, que tanto me sorprendió —¿era la señorita West una feminista redomada por el hecho de hacer una afirmación posiblemente cierta aunque poco halagadora sobre el otro sexo?—, no era tan solo el aullido de la vanidad herida; era una protesta contra la violación de su derecho a creer en sí mismo. Las mujeres han servido durante siglos como espejos dotados del mágico y delicioso poder de reflejar la figura del hombre duplicando su tamaño natural. A falta de ese poder es posible que el mundo siguiera siendo pantano y jungla. Las glorias de todas nuestras batallas serían desconocidas. Seguiríamos tallando la silueta de un venado en los restos de unos huesos de cordero y trocando puntas de sílex por pieles de oveja o cualquier sencillo ornamento que agradara a nuestro gusto poco refinado. Jamás habrían existido los superhombres y los Dedos del Destino.

El zar y el káiser nunca habrían lucido sus coronas o las habrían perdido. Al margen de su utilidad en las sociedades civilizadas, los espejos son esenciales para toda acción violenta y heroica. Por eso Napoleón y Mussolini han insistido tanto en la inferioridad de las mujeres; porque si no fueran inferiores, ellos dejarían de agrandarse. Esto explica en parte la necesidad que los hombres tienen de las mujeres. Y explica también por qué sus críticas les inquietan tanto; por qué ellas no pueden decirles que tal libro es malo, tal cuadro flojo, o lo que sea, sin causar mucho más dolor y suscitar mucho más encono del que suscitarían las mismas críticas formuladas por un hombre. Y es que cuando las mujeres empiezan a decir la verdad, la figura del espejo se encoge; su aptitud para la vida disminuye. ¿Cómo va a seguir el hombre impartiendo justicia, civilizando indígenas, redactando leyes, escribiendo libros, vistiéndose para pronunciar discursos en los banquetes, si no se ve, al menos en el desayuno y en la cena, duplicado en su tamaño natural? Así lo pensé, mientras desmenuzaba el pan y removía el café, observando de vez en cuando a la gente que pasaba por la calle. La imagen del espejo es de suma importancia, puesto que aumenta la vitalidad y estimula el sistema nervioso. Sin ella, el hombre puede morir, como el adicto privado de su cocaína. Bajo el hechizo de esta ilusión, pensé, mirando por la ventana, sale a trabajar la mitad de la gente que pasa por la calle. Se ponen sus abrigos y sus sombreros bajo la grata luz de esa ilusión. Comienzan el día con confianza, con ánimo, creyéndose deseados a la hora del té en casa de la señorita Smith; entran en la sala diciéndose: «Soy superior a la mitad de las personas que están aquí», y por eso hablan con ese aplomo, con esa seguridad que tan profundas consecuencias ha tenido en la vida pública y tan curiosas notas al margen ha suscitado en el pensamiento privado.

Estas aportaciones al peligroso y fascinante asunto de la psicología masculina —que confío investiguéis cuando dispongáis de quinientas libras propias al año— se vieron interrumpidas

42

por la necesidad de pagar la cuenta. Ascendía a cinco chelines y nueve peniques. Le di al camarero un billete de diez chelines y esperé que me trajera el cambio. En mi bolso tenía otro billete de diez chelines; me fijé en este detalle porque es un hecho que me deja anonadada: la capacidad de mi bolso para generar automáticamente billetes de diez chelines. Lo abro, y ahí están. La sociedad me ofrece pollo y café, cama y alojamiento, a cambio de un determinado número de billetes que me dejó mi tía, por la sencilla razón de que llevo su apellido.

Mi tía, Mary Beton, murió tras sufrir un accidente ecuestre, un día en que salió a pasear en Bombay. La noticia de la herencia me llegó una noche, más o menos al tiempo que se aprobaba la ley del sufragio femenino. Un abogado la dejó en el buzón, y, al abrirla, descubrí que me había dejado quinientas libras al año de por vida. De estas dos cosas —el voto y el dinero—, confieso que el dinero me pareció infinitamente más importante. Hasta la fecha me había ganado la vida mendigando colaboraciones ocasionales en los periódicos, informando de una exposición de burros allí o de una boda allá; había recibido unas libras por escribir sobres, leer en voz alta a mujeres ancianas, confeccionar flores artificiales o enseñar el abecedario en jardines de infancia. Esas eran las principales ocupaciones a las que podían aspirar las mujeres antes de 1918. Me temo que no es necesario que describa con detalle la dureza del trabajo, pues es posible que conozcáis a mujeres que lo han desempeñado; ni que me extienda tampoco sobre la dificultad de vivir con lo que se gana, porque quizá lo hayáis intentado. Lo que sigue pareciéndome un castigo peor que cualquiera de estas dos cosas es el veneno del miedo y la amargura que esos días me infundieron. Para empezar, se trataba de un trabajo que no quería hacer, y además tenía que hacerlo como una esclava, halagando y adulando, lo cual quizá no siempre sea necesario, pero lo parecía, y la apuesta era demasiado alta para correr riesgos; y luego estaba el pensamiento de que ese don que era un suplicio ocultar —un don pequeño pero muy querido para quien lo posee— se iba marchitando, y con él me marchitaba yo, se marchitaba mi alma. Era como el óxido que corroe el esplendor de la primavera, que destruye el corazón del árbol. Sin embargo, como digo, mi tía murió, y cada vez que cambio un billete de diez chelines consigo eliminar parte de ese óxido y esa corrosión; el miedo y la amargura se esfuman. Es asombroso, pensé, mientras me guardaba las monedas en el bolso, al recordar la amargura de aquellos días, el cambio de ánimo que trae consigo la percepción de una renta fija. Ninguna fuerza en el mundo puede arrebatarme mis quinientas libras. Comida, casa y vestido son míos para siempre. Así, no solo el esfuerzo y el trabajo cesaron para mí, sino también el odio y la amargura. No necesito odiar a ningún hombre; no puede hacerme daño. No necesito halagar a ningún hombre; no tiene nada que ofrecerme. Imperceptiblemente fui adoptando una actitud distinta hacia la otra mitad de la humanidad. Era absurdo echar la culpa a una clase social o a un sexo en su conjunto. Las masas nunca son responsables de sus actos. Se mueven por instintos que escapan a su control. También ellos, los patriarcas, los profesores, afrontan un sinfín de dificultades y deben sortear numerosos obstáculos. Su educación ha sido en ciertos aspectos tan deficiente como la mía. Ha causado en ellos defectos igual de grandes. Cierto es que tenían dinero y poder, pero solo a costa de albergar en su pecho un águila, un buitre que les arrancaba el hígado y les picoteaba los pulmones eternamente: el instinto de posesión, el furor que los llevaba a codiciar sin descanso las tierras y los bienes ajenos; a construir fronteras y banderas, buques de guerra y gases venenosos; a ofrecer sus propias vidas y las vidas de sus hijos. Os invito a que deis una vuelta por el Arco del Almirantazgo (había llegado a ese monumento) o por cualquier otra avenida consagrada a los trofeos y el cañón, y a que reflexionéis sobre la modalidad de gloria que allí se celebra. O a que observéis al agente de bolsa y al gran abogado bajo el sol de primavera, en el momento en que se disponen a entrar en algún edificio para amasar dinero, dinero, más dinero, cuando es un hecho innegable que bastan quinientas libras al año para vivir plácidamente al sol. Pensé que debía de ser muy desagradable albergar tales instintos. Son fruto de las condiciones de vida, de la falta de civilización, me dije, fijándome en la estatua del duque de Cambridge, sobre todo en las plumas de su sombrero de tres picos, con un interés inédito en mí. Al caer en la cuenta de estos obstáculos, el miedo y el rencor se transformaron gradualmente en compasión y tolerancia; y al cabo de uno o dos años, la compasión y la tolerancia también desaparecieron y se produjo la mayor liberación de todas, que es la libertad de pensar en las cosas tal como son. Ese edificio, sin ir más lejos, ¿me gusta o no me gusta? Ese cuadro ¿es bonito o no lo es? Ese libro ¿es a mi juicio bueno o no? Lo cierto es que el legado de mi tía había levantado el velo que cubría el cielo para sustituirlo por la imponente figura de un caballero a quien Milton me recomendaba profesar una eterna devoción, para ofrecerme una visión del cielo abierto.

Sumida en tales pensamientos, en tales especulaciones, volví a casa por la orilla del río. Empezaban a encenderse las farolas y un cambio indescriptible se había operado sobre Londres desde la mañana. Parecía como si la gigantesca máquina, al cabo de un día de trabajo, hubiera fabricado con nuestra ayuda unos metros de un material muy emocionante y muy hermoso: una tela de fuego en la que fulguraban multitud de ojos rojos, un monstruo leonado que al rugir exhalaba aire caliente. Hasta el viento ondeaba como una bandera, azotaba las casas y sacudía las vallas.

En mi pequeña calle, sin embargo, reinaba un ambiente familiar. El pintor bajaba de su escalera; la niñera empujaba con cuidado un cochecito de vuelta a casa para dar la merienda a los niños; el carbonero doblaba y apilaba los sacos vacíos; la mujer que regenta la verdulería sumaba las ganancias del día con las manos enfundadas en unos mitones rojos. Pero, tan absorta estaba yo en la tarea que me habíais encomendado que no acertaba a ver siquiera esas escenas tan corrientes sin relacionarlas con un tema central. Se me ocurrió que hoy es mucho más difícil que hace un siglo afirmar cuál de las ocupaciones anteriores es la más elevada, la más necesaria. ¿Es mejor ser carbonero o niñera? ¿Es menos útil al mundo la mujer de la limpieza que ha criado ocho hijos que el abogado que ha ganado cien mil libras? De nada sirve hacer estas preguntas porque nadie puede responderlas. El valor relativo de abogados y mujeres de la limpieza no solo aumenta o disminuye de década en década, sino que carecemos de reglas con las que medirlo incluso en el presente. Había sido una estupidez por mi parte pedirle a mi profesor que me proporcionara «pruebas irrefutables» de tal o cual cosa en su disertación sobre las mujeres. Aun cuando fuera posible establecer el valor de determinado talento en el presente, esos valores no son inamovibles; es muy posible que dentro de un siglo hayan cambiado por completo. De aquí a cien años, pensé, llegando ya a la puerta de mi casa, las mujeres habrán dejado de ser el sexo protegido. Participarán lógicamente en todas las actividades que en otro tiempo se les negaron. La niñera será carbonera. La verdulera conducirá una máquina. Todas las suposiciones fundadas en lo observado cuando las mujeres eran el sexo protegido habrán desaparecido para entonces: por ejemplo (en ese instante una brigada de soldados pasó desfilando por la calle), que las mujeres, los clérigos y los jardineros viven más años. Eliminemos esa protección, expongámoslas a los mismos esfuerzos y las mismas actividades, convirtámoslas en soldados, en marinos, en maquinistas y en trabajadores portuarios, y las mujeres morirán mucho más jóvenes, mucho antes que los hombres, hasta el punto de que podrá decirse: «Hoy he visto una mujer», como antes se decía: «Hoy he visto un avión». Todo puede ocurrir cuando el hecho de ser mujer no sea ya una ocupación protegida, pensé abriendo la puerta. Pero ¿qué tiene todo esto que ver con el tema de mi conferencia: «Las mujeres y la literatura»?, me pregunté al cruzar el umbral.

A DAY WITHOUT
LESBIANS IS LIKE
A DAY WITHOUT
SUNSHINE

CAPÍTULO 3

Me decepcionaba no haber vuelto a casa por la noche con alguna afirmación importante, con algún dato válido. Las mujeres son más pobres que los hombres por esto o lo otro. Quizá fuera preferible renunciar a la búsqueda de la verdad y recibir una avalancha mental de opiniones ardientes como la lava y turbias como el agua de lavar los platos. Mejor correr las cortinas, evitar las distracciones, encender la lámpara, limitar el ámbito de la investigación y preguntar al historiador, que no registra opiniones sino hechos, para describir en qué condiciones vivían las mujeres no a lo largo de los siglos sino en la Inglaterra isabelina, pongamos por caso.

Sin duda es un eterno misterio que ninguna mujer escribiera una sola palabra de aquella extraordinaria literatura cuando, por lo visto, uno de cada dos hombres eran capaces de escribir canciones o sonetos. ¿En qué condiciones vivían las mujeres? Porque la literatura, es decir, la obra de imaginación, no cae al suelo como un guijarro, como tal vez ocurra con la ciencia; la literatura es como la tela de una araña, muy frágil, aunque sujeta de todos modos a las cuatro esquinas de la vida. A veces la sujeción resulta apenas perceptible. Las obras de Shakespeare, por ejemplo, parecen suspendidas en el aire sin ayuda de nada. Pero al estirar la tela, al colgarla de un extremo y rasgarla por la mitad, recordamos que esas tramas no las tejen en el aire criaturas incorpóreas, sino que son fruto del sufrimiento humano y están sujetas a cosas tan puramente materiales como la salud, el dinero y las casas en que vivimos.

Me acerqué así a la estantería donde guardo los libros de historia y cogí uno de los últimos, *History of England,* del profesor Trevelyan. Volví a buscar en el índice «mujeres», encontré «posición de» y fui a las páginas correspondientes. Y leí lo siguiente: «Azotar a las mujeres era un legítimo derecho del hombre, y tanto las clases altas como las bajas lo ejercían sin ningún pudor... Del mismo modo, la hija que se negaba a casarse con el caballero elegido por sus padres se exponía a que la encerraran, la apalearan y la arrastraran por el suelo, sin que nadie se escandalizase. El matrimonio no era cuestión de afecto personal sino de codicia familiar, especialmente entre las clases altas "caballerescas"... El compromiso matrimonial a menudo se formalizaba cuando una de las partes aún estaba en la cuna, y la boda se celebraba apenas quedaban libres de la tutela de sus niñeras». Esto ocurría allá por 1470, poco después de la época de Chaucer. La siguiente referencia a la situación de las mujeres correspondía a dos siglos más tarde, en tiempos de los Estuardo. «Seguía siendo excepcional, para las mujeres de clase media y alta, elegir a sus maridos, y una vez se les asignaba un marido, este se convertía en su dueño y señor, de acuerdo con la ley y la costumbre. Sin embargo, ni las mujeres de Shakespeare ni aquellas mencionadas en las memorias del siglo XVII, como las de Verney y las de Hutchinson, parecían carecer de personalidad y carácter», concluye el profesor Trevelyan. Lo cierto es que, si nos paramos a pensarlo, Cleopatra debió de ser muy suya; lady Macbeth, cabe suponer, tenía voluntad propia; Rosalinda, podríamos concluir, era una joven muy atractiva. El profesor Trevelyan solo dice la verdad cuando señala que las mujeres de Shakespeare no parecen carecer de personalidad y carácter. No siendo historiadora, podría yo ir más lejos y afirmar que las mujeres han ardido como faros en todas las obras de todos los poetas desde el principio de los tiempos: Clitemnestra, Antígona, Cleopatra, lady Macbeth, Fedra, Crésida, Rosalinda, Desdémona o la duquesa de Malfi, entre los dramaturgos; Millamant, Clarissa, Becky Sharp, Anna Karenina, Emma Bovary o madame de Guermantes, entre los prosistas. Los nombres que acuden en tropel a mi memoria no evocan a mujeres «sin personalidad y carácter». De hecho, si las mujeres existieran únicamente en la literatura escrita por los hombres, las imaginaríamos como personas importantísimas, variopintas, heroicas y mezquinas, espléndidas y sórdidas, infinitamente hermosas y feas a más no poder, tan grandes como los hombres, incluso más grandes, a decir de algunos.[6] Pero estas mujeres viven en la literatura. En la realidad, como señala el profesor Trevelyan, las encerraban, las apaleaban y las arrastraban por el suelo.

De todo esto emerge un ser muy extraño y controvertido. En la imaginación es de la máxima importancia; en la práctica es del todo insignificante. Invade por completo la poesía, mientras que está casi ausente en los libros de historia. Domina la existencia de reyes y conquistadores en la ficción, aunque en la vida real era la

---

6 «Sigue siendo un hecho extraño y casi inexplicable que, en la ciudad de Atenas, donde las mujeres vivían casi tan recluidas como en Oriente, como odaliscas o esclavas, la escena produjera no obstante personajes como Clitemnestra y Casandra, Atosa y Antígona, Fedra y Medea, y todas las demás heroínas que pueblan las obras del "misógino" Eurípides. Nunca se ha explicado satisfactoriamente la paradoja de ese mundo en el que una mujer respetable apenas podía mostrar su rostro por la calle en la vida real, mientras que en la escena la mujer iguala o supera al hombre. En la tragedia moderna las mujeres siguen interpretando un papel protagonista. En todo caso, basta un somero estudio de la obra de Shakespeare (y lo mismo cabe decir de Webster, aunque no de Marlowe o de Jonson) para advertir cómo este protagonismo, esta iniciativa de las mujeres, persiste desde Rosalinda a lady Macbeth. Lo mismo sucede con el teatro de Racine: seis de sus tragedias llevan los nombres de sus heroínas; y ¿a cuáles de sus personajes masculinos podríamos comparar con Hermíone y Andrómaca, con Berenice y Roxana, con Fedra y Atalía? Y lo mismo con el de Ibsen: ¿qué hombres son comparables a Solveig y a Nora, a Hedda y Hilda Wangel o a Rebecca West?» F.L. Lucas, *Tragedy*, págs. 114-115.

esclava de cualquier muchacho a quien sus padres obligaran a ponerle un anillo en el dedo. De sus labios han salido algunas de las palabras más inspiradas, algunos de los pensamientos más profundos de la literatura; en la vida real apenas sabía leer y escribir y era propiedad del marido.

Era sin duda un monstruo extraño el que emergía de la lectura de los historiadores primero y de los poetas a continuación: un gusano con alas de águila; el espíritu de la vida y de la belleza encerrado en una cocina, cortando tocino. Estos monstruos, aunque divertidos para la imaginación, carecen de existencia real. Para dar vida a la mujer había que pensar en términos poéticos y prosaicos simultáneamente, sin perder el contacto con la realidad: que es la señora Martin, de 36 años, vestida de azul, con un sombrero negro y zapatos marrones; pero sin perder de vista tampoco la literatura: que es un recipiente en cuyo interior circulan eternamente toda suerte de espíritus y fuerzas. Ahora bien, cuando se trata de aplicar este método a la mujer isabelina, una parte de la iluminación falla; la escasez de datos interrumpe el proceso. No disponemos de conocimientos detallados, veraces y sustanciales acerca de ella. La historia apenas la menciona. Volví pues al profesor Trevelyan con la intención de ver qué significado atribuía a la historia. Ojeando los encabezamientos de sus capítulos descubrí que significaba:

«El Tribunal del Señorío y los métodos de cultivo en campo abierto... Los cistercienses y la cría de ovejas... Las cruzadas... La universidad... La Cámara de los Comunes... La guerra de los Cien Años... Las guerras de las Rosas... Los sabios del Renacimiento... La disolución de los monasterios... Las luchas agrarias y religiosas... El origen del poder marítimo de Inglaterra... La Armada...», y así sucesivamente. Solo de vez en cuando se hace mención a una mujer en concreto, a Isabel o a María, a una reina o una gran señora. Pero, en ningún caso, las mujeres de clase media que solo contaban con cerebro y carácter podían haber participado en alguno de los grandes acontecimientos que, tomados en conjunto, constituyen la visión que el historiador tiene del pasado. Tampoco la veremos en ninguna colección de anécdotas.

Aubrey rara vez la menciona. La mujer nunca relata su propia vida y no suele llevar un diario; a lo sumo disponemos de un puñado de cartas. No ha dejado obras de teatro o poemas que nos permitan juzgarla. Lo que queremos, pensé —¿y por qué no nos lo proporciona alguna alumna brillante de Newnham o de Girton?—, es una gran masa de información: a qué edad se casó; cuántos hijos tenía por norma; cómo era su casa; si disponía de una habitación propia; si cocinaba ella misma; si era frecuente que tuviese una criada. Todos esos datos deben de estar en alguna parte, quizá en los registros parroquiales y en los libros de contabilidad; la vida de la mujer corriente en la época isabelina a buen seguro está desperdigada en distintos lugares. ¿No podría alguien recopilarla y escribir un libro? Sería una osadía, pensé, mientras buscaba en los estantes libros que no estaban allí, proponer a las estudiantes de esas famosas facultades que reescriban la historia, aunque confieso que tal como la conocemos resulta a veces un tanto extraña, irreal y sesgada. Pero ¿por qué no pedirles que añadan un suplemento a la Historia, dándole, claro está, un nombre mucho menos conspicuo, de tal modo que las mujeres puedan figurar en ella sin faltar al decoro? A menudo las vislumbramos en las vidas de los grandes hombres, apartadas, en un segundo plano, ocultando, así me lo parece a veces, un guiño, una risa, acaso una lágrima. A fin de cuentas, contamos con abundantes biografías de Jane Austen; no parece necesario analizar una vez más la influencia de las tragedias de Joanna Baillie en la poesía de Edgar Allan Poe; en lo que a mí respecta, no me importaría que cerraran al público las casas y las obsesiones de Mary Russell Mitford al menos durante un siglo. Lo que encuentro deplorable, continué, buscando de nuevo en los estantes, es que no sepamos nada de las mujeres antes del siglo XVIII. No dispongo de ningún modelo mental para observarlo bajo distintos prismas. Aquí estoy, preguntándome por qué las mujeres no escribían poesía en la época isabelina, sin saber qué educación habían recibido; si les enseñaban a escribir; si disponían de un espacio para su uso particular; cuántas mujeres tenían hijos antes de cumplir los veintiún años; en resumidas cuentas, ¿qué hacían desde las ocho de la mañana hasta las ocho de la tarde? Era evidente que no tenían dinero; de acuerdo con el profesor Trevelyan, se casaban tanto si querían como si no siendo casi unas niñas, probablemente a los quince o dieciséis años. Habría sido rarísimo, en semejante situación, que alguna de ellas escribiera de pronto las obras de Shakespeare, concluí; y me vino a la cabeza la imagen de ese anciano caballero, ya fallecido, que fue obispo, creo, y declaró que era del todo imposible para ninguna mujer, pasada, presente o por venir, tener el genio de Shakespeare. Escribió a los periódicos en ese sentido. A una señora que acudió a él en busca de información le dijo que los gatos en realidad no van al cielo, aunque tienen almas de cierta especie. ¡Cuántas cavilaciones nos ahorran estos caballeros! ¡Cómo retrocedían las fronteras de la ignorancia, al acercarse ellos! Los gatos no van al cielo. Las mujeres no son capaces de escribir las obras de Shakespeare.

Pese a todo, mientras recorría con la mirada las obras de Shakespeare en los estantes, no pude dejar de pensar en que el obispo estaba en lo cierto al menos en este punto: habría sido del todo imposible que una mujer escribiera las obras de Shakespeare en la época de Shakespeare. Permitidme que imagine, ya que los datos son tan escasos, qué habría ocurrido si Shakespeare hubiese tenido una hermana prodigiosamente dotada, llamada Judith, digamos. Es muy probable que el propio Shakespeare —su madre era una heredera— fuese al colegio, y que allí aprendiera latín —Ovidio, Virgilio y Horacio— además de los fundamentos de la gramática y de la lógica. Era, sabido es, un niño indómito que cazaba ratones, incluso puede que matase algún ciervo, y que contrajo matrimonio, bastante antes de lo aconsejable, con una mujer del vecindario, que le dio un hijo bastante antes de lo aconsejable. Esta aventura lo llevó a Londres en busca de fortuna. Sentía, al parecer, inclinación por el teatro, y empezó por ocuparse de los caballos en la entrada de los artistas. Pronto encontró trabajo en las tablas, trabó amistad con un actor de éxito y pasó a vivir en el centro del universo: conocía a todo el mundo, frecuentaba a todo el mundo, practicaba su arte escénico, ejercitaba su ingenio en las calles e incluso tenía acceso al palacio de la reina. Entretanto, su hermana prodigiosamente dotada supongamos que se quedaba en casa. Tenía el mismo espíritu aventurero, la misma imaginación y las mismas ansias de ver mundo que William. Pero no fue al colegio. No tuvo la oportunidad de aprender gramática y lógica, y mucho menos de leer a Horacio y a Virgilio. De vez en cuando tomaba un libro, de su hermano tal vez, y leía unas páginas. Pero entonces sus padres le ordenaban que remendase los calcetines o se ocupara del guiso en lugar de entregarse a ensoñaciones entre libros y papeles. Serían severos con ella, aunque amables, pues eran personas conscientes de las condiciones de la vida para una mujer y querían a su hija; de hecho, es probable que fuera la niña de los ojos de su padre. Puede que Judith escribiera algunas páginas a escondidas, en el desván donde guardaban las manzanas, pero siempre se cuidaba de ocultarlas o quemarlas. Pronto, antes de cumplir los veinte años, estaría prometida con el hijo de un comerciante en lanas de la vecindad. Proclamó a gritos que ese matrimonio le resultaba odioso, y su padre le dio una paliza. A partir de ese día dejó de castigarla. En vez de eso, le suplicó que no le hiciera sufrir, que no lo avergonzara en ese asunto del casamiento. Con los ojos llenos de lágrimas, le prometió un collar de perlas o unas enaguas bonitas. ¿Cómo podía ella desobedecer? ¿Cómo podía romperle el corazón? Solo la fuerza de su talento la impulsó a dar el paso. Hizo un hatillo con sus pertenencias, se descolgó por la ventana con ayuda de una cuerda una noche de verano y tomó el camino de Londres. Aún no tenía diecisiete años. Los pájaros que cantaban en el seto no sentían la música más que ella. Poseía la misma imaginación desbordante, el mismo don que su hermano para captar la melodía de las palabras. Y, como a él, le gustaba el teatro. Se detuvo en la entrada de artistas; quería actuar, dijo. Los hombres se rieron en sus narices. El director, un hombre gordo, de labios caídos, prorrumpió en carcajadas. Y bramó algo sobre caniches que bailaban y mujeres que actuaban. Insinuó... ya imagináis qué. No podía formarse en el oficio. ¿Podía siquiera cenar en una taberna o vagar por las calles a medianoche? Pero Judith estaba tocada por el genio de la literatura y ansiaba alimentarse de las vidas de los hombres y las mujeres, del estudio de sus costumbres. Por fin, puesto que era muy joven y guardaba un extraño parecido con su hermano el poeta —los mismos ojos grises y las mismas cejas arqueadas—, por fin el director de actores, Nick Green, se apiadó de ella; no tardó en quedar encinta de este caballero y, una noche de invierno —¿quién puede medir el ardor y la violencia del alma del poeta atrapado y enredado en un cuerpo de mujer?—, se quitó la vida. Hoy yace enterrada en algún cruce de caminos, donde ahora paran los ómnibus, junto al Elephant and Castle.

Así, más o menos, habría sido la historia, de haber tenido una mujer el genio de Shakespeare en la época de Shakespeare. Coincido personalmente con el difunto obispo, si en verdad lo era: es inconcebible que una mujer hubiera podido tener el genio de Shakespeare en la época de Shakespeare. Porque genios como el de Shakespeare no nacen entre personas trabajadoras, incultas y serviles. No nacían en Inglaterra, entre los sajones y los britanos. No nacen hoy entre las clases obreras. ¿Cómo podían haber nacido entre mujeres que empezaban a trabajar siendo apenas unas niñas, obligadas por sus padres y el poder de las leyes y las costumbres? Sin embargo, tuvo que haber personas dotadas de alguna clase de talento entre las mujeres y entre las clases trabajadoras, aunque no dejaran su huella sobre el papel. De vez en cuando resplandecen una Emily Brontë o un Robert Burns que así lo demuestran.

No obstante, cuando leo sobre una bruja emplumada, sobre una mujer poseída por los demonios, sobre una mujer sabia que vendía hierbas, incluso sobre un hombre extraordinario que tenía una madre, tengo la sensación de estar sobre la pista de una novelista perdida, de una poeta silenciada, de alguna muda y anónima Jane Austen, de alguna Emily Brontë que se machacó los sesos en los páramos o vagó por los caminos con el rostro desencajado, enloquecida por la tortura que su talento le había infligido. Me atrevería a decir que Anon, que escribió tantos poemas sin firmarlos, era una mujer. Era una mujer, así lo sugirió Edward Fitzgerald según tengo entendido, quien compuso las baladas y las canciones populares para arrullar con ellas a sus hijos, para entretenerse mientras hilaba o sobrellevar las largas noches de invierno.

Podría ser cierto o podría ser falso: ¿quién lo sabe? Lo que sí es cierto, al menos así me lo pareció al repasar la historia de la hermana de Shakespeare tal como la he imaginado, es que cualquier mujer que en el siglo XVI naciera con un gran talento, sin duda habría enloquecido, se habría pegado un tiro o habría terminado sus días en una casa solitaria de las afueras del pueblo, medio bruja, medio maga, temida y convertida en el blanco de todas las burlas. Y es que no hacen falta muchos conocimientos psicológicos para convencerse de que una joven de grandes dotes que hubiera tratado de aplicar su talento a la poesía se habría visto coartada y entorpecida por los demás, torturada y dividida por sus instintos contrarios, hasta el punto de perder la salud y la cordura con toda seguridad. Ninguna muchacha podría haber llegado a las puertas de un teatro londinense y haber sido recibida por el director de actores sin causarse una violencia y sin sufrir una angustia que quizá fueran irracionales —porque la castidad bien podría ser un fetiche inventado por ciertas sociedades por razones desconocidas—, pero sin duda eran inevitables. La castidad tenía entonces, como ahora, una importancia religiosa en la vida de una mujer; se halla tan entretejida en los nervios y los instintos que, para liberarla y sacarla a la luz, se requiere un valor de lo más insólito. Haber vivido una existencia libre en el Londres del siglo XVI habría supuesto para una mujer que escribiera poesía y obras de teatro una tensión nerviosa y un dilema tales que quizá la hubiesen matado. De haber sobrevivido, cuanto hubiese podido escribir sería retorcido y deformado, fruto de una imaginación truculenta y morbosa. Y sin duda, pensé, mirando los estantes, donde no había ninguna obra de teatro escrita por mujeres, no habría firmado sus obras. Ciertamente habría buscado ese refugio. Era la reliquia de la noción de castidad lo que dictó el anonimato de las mujeres hasta una fecha tan tardía como el siglo XIX. Currer Bell, George Elliot, George Sand, todas las víctimas de esa lucha interior, tal como revelan sus escritos, trataron de ocultarse infructuosamente tras un seudónimo masculino. Honraron así la convención, si no establecida por el otro sexo, sí ampliamente fomentada (la máxima gloria de una mujer no es que se hable de ella, decía Pericles, un hombre del que tanto se ha hablado), de que la publicidad es detestable para las mujeres. El anonimato corre por sus venas. El deseo de ocultarse sigue poseyéndolas. Ni siquiera hoy se preocupan por la salud de su fama tanto como los hombres y, en general, pasarán junto a una lápida o un cartel sin sentir el deseo irrefrenable de tallar sus nombres en ellos, como Alf, Bert o Chas se ven impelidos a hacer en obediencia a ese instinto que, al ver una mujer hermosa, incluso un perro, les hace murmurar: *Ce chien est à moi.* Naturalmente, puede no ser un perro, pensé, acordándome de la plaza del Parlamento, de la avenida Sièges y de otras vías públicas; puede ser un trozo de tierra o un hombre de pelo negro y ensortijado. Esa es una de las grandes ventajas de ser mujer: que una puede toparse incluso con una negra muy guapa sin sentir el deseo de convertirla en inglesa.

Esa mujer, nacida con un don especial para la poesía en el siglo XVI, era una mujer infeliz, una mujer en pugna consigo misma. Sus condiciones de vida, sus propios instintos, eran hostiles al estado de ánimo necesario para liberar lo que uno tenga en el cerebro. Me pregunté entonces cuál era el estado de ánimo más propicio al acto creativo. ¿Es posible formarse una idea del estado que favorece y hace posible esa extraña actividad? En ese punto abrí el volumen que contenía las tragedias de Shakespeare. ¿Cuál era el estado de ánimo de Shakespeare cuando escribió, por ejemplo, *El rey Lear* o *Antonio y Cleopatra*? Sin duda el más favorable para la poesía. Pero el propio Shakespeare nunca habló de su estado de ánimo. Sabemos, por azar, que «jamás tachó una línea». A decir verdad, ningún artista se refirió a su estado de ánimo hasta llegado el siglo XVIII. Puede que el primero en hacerlo fuera Rousseau. En todo caso, un siglo más tarde, la conciencia individual se había desarrollado a tal extremo que se convirtió en costumbre de los hombres de letras ofrecer una descripción de su psicología en confesiones y autobiografías. También se escribieron sus vidas, y después de su muerte se publicaron sus cartas.

Así, aunque ignoramos qué experiencias tuvo Shakespeare mientras escribía *El rey Lear*, sí conocemos las de Carlyle cuando escribía *La revolución francesa;* las de Flaubert cuando escribía *Madame Bovary;* las de Keats cuando intentó escribir poesía frente a la cercanía de la muerte y la indiferencia del mundo.

A partir de esta enorme cantidad de confesiones y autoanálisis en la literatura moderna, deduzco que escribir una obra genial es en la mayoría de los casos una hazaña de una dificultad prodigiosa. Todo está en contra de la probabilidad de que la obra salga entera e intacta de la mente del autor. Las circunstancias materiales generalmente se oponen al empeño. Ladrarán los perros; interrumpirá la gente; habrá que ganar dinero; fallará la salud. Y a todas estas dificultades se sumará la notoria indiferencia del mundo, que las hará más pesadas de sobrellevar. El mundo no pide a nadie que escriba poemas, novelas o libros de historia; no los necesita. Al mundo le trae sin cuidado que Flaubert encuentre la palabra exacta o que Carlyle verifique escrupulosamente este o aquel dato. Y, como es natural, no paga por aquello que no necesita. Por eso el escritor, Keats, Flaubert o Carlyle, sufre, sobre todo en los años más creativos de su juventud, toda clase de distracciones y desalientos. Una maldición, un grito de agonía se eleva de esos libros de análisis y confesión. «Grandísimos poetas mueren en la miseria», tal es la carga de su canto. Si algo se logra a pesar de todo, es un milagro, y es probable que ningún libro nazca intacto y sin deformidades, tal como fue concebido.

Sin embargo, me dije, contemplando los estantes vacíos, estas dificultades fueron infinitamente más formidables para las mujeres. En primer lugar, era impensable tener una habitación propia hasta el comienzo del siglo XIX, y mucho menos un espacio tranquilo o a prueba de ruidos, a menos que los padres fueran excepcionalmente ricos o muy nobles. Puesto que su asignación, que dependía de la buena voluntad paterna, solo alcanzaba para vestir, la mujer se veía privada de esos pequeños desahogos de los que disfrutaron incluso Keats, Tennyson o Carlyle, pobres todos ellos, tales como una excursión a pie, un viaje a Francia, y una vivienda independiente que, por modesta que fuera, los liberaba de las exigencias y la tiranía de sus familias. Las dificultades materiales de las mujeres eran formidables, pero mucho más lo eran las inmateriales. La indiferencia del mundo que Keats, Flaubert y otros hombres de genio encontraron tan difícil de soportar era, en el caso de las mujeres, no ya indiferencia sino hostilidad. El mundo no les decía, como a ellos: «Escribe si es lo que quieres; a mí me trae sin cuidado». El mundo les decía con desprecio: «¿Escribir? ¿De qué sirve que escribas?». Las psicólogas de Newnham y de Girton podrían ayudarnos en esta cuestión, pensé, mirando una vez más los espacios vacíos en los estantes. Porque sin duda es hora de medir el efecto del desaliento en el ánimo del artista, tal como he visto que una empresa láctea mide el efecto de la leche corriente y la leche de primera calidad en el cuerpo de las ratas. Introdujeron a dos ratas en sendas jaulas, lado a lado; una de ellas se mostraba furtiva y tímida, y no crecía, mientras que la otra era osada, grande y tenía la piel lustrosa. Ahora bien, ¿con qué alimentamos a las mujeres artistas?, me pregunté, recordando, supongo, el postre de natillas y ciruelas pasas. Para responder a esta pregunta solo tuve que abrir el periódico vespertino y leer que lord Birkenhead sostiene que..., pero no voy a tomarme la molestia de transcribir la opinión que a lord Birkenhead pueda merecerle lo que escriben las mujeres. Dejaré en paz lo que diga el deán Inge. Que despierte si quiere con sus vociferaciones el especialista de Harley Street los ecos de Harley Street, que a mí no se me moverá ni un pelo de la cabeza. Citaré, sin embargo, al señor Oscar Browning, porque en su día fue una gran autoridad en Cambridge y se ocupaba de examinar a las estudiantes de Girton y Newnham. El señor Oscar Browning tenía la costumbre de declarar «que, tras corregir los exámenes, con independencia de las calificaciones que pudiera poner, le quedaba la impresión de que la mejor de las mujeres era intelectualmente inferior al peor de los hombres». Dicho esto, el señor Browning regresó a sus habitaciones —y lo que sigue es lo que le granjea nuestro cariño y lo convierte en un ser humano de cierta talla y majestuosidad—, y allí encontró a un mozo de cuadras tumbado en el sofá: «Un simple esqueleto, con las mejillas cetrinas y cavernosas, los dientes negros, incapaz, a lo que parecía, de hacer uso de sus extremidades... Es Arthur [dijo el señor Browning]. Un muchacho encantador y muy inteligente». Siempre he pensado que estas dos imágenes se completan la una a la otra. Y, felizmente, en esta época de auge de la biografía se completan para que podamos interpretar las opiniones de los grandes hombres no solo a la luz de lo que dicen, sino a la luz de lo que hacen.

De todos modos, aunque ahora es posible interpretarlas, estas opiniones salidas de los labios de personas importantes debieron de ser tremendas hace tan solo cincuenta años. Supongamos que un padre, por los mejores motivos, no quisiera permitir que su hija abandonara el hogar para convertirse en escritora, pintora o erudita. «Veamos qué opina el señor Oscar Browning», se diría; pero no contaba únicamente con la guía del señor Oscar Browning; contaba con la *Saturday Review;* contaba con el señor Greg: «La esencia de la mujer —señalaba con énfasis el señor Greg— reside *en que el hombre la mantiene y ella vela por él».* Eran muchos los hombres que opinaban que nada podía esperarse de las mujeres en el plano intelectual. Aunque su padre no leyera en voz alta estas opiniones, cualquier muchacha podía leerlas por su cuenta, y esta lectura, incluso en el siglo XIX, debió de mermar su vitalidad y afectar profundamente a su trabajo. A todas horas llegaría a sus oídos la misma afirmación: «No puedes hacer esto; eres incapaz de hacer aquello», y se vería en la obligación de protestar, de refutarla. Puede que este germen no tenga ya demasiadas consecuencias para una novelista, puesto que ha habido muchas novelistas de mérito. En cambio, es posible que a las pintoras aún les siga escociendo; y para las compositoras, supongo, quizá continúe estando activo y sea venenoso hasta el extremo. La posición de la compositora, hoy, es equiparable a la de la actriz en tiempos de Shakespeare. Nick Greene, pensé, recordando mi historia inventada sobre la hermana del genio, comparó a la mujer que actuaba con un perro que bailaba. Johnson repitió la misma frase al cabo de dos siglos para referirse a las mujeres que predicaban. Y aquí tenemos, dije, abriendo un libro de música, las mismas palabras empleadas en este año de gracia de 1928, aplicadas a las mujeres que intentan escribir música: «En cuanto a mademoiselle Germaine Tailleferre, solo cabe repetir la máxima del doctor Johnson acerca de las mujeres que predicaban, trasladándola a términos musicales: "Señor mío, una mujer que compone es como un perro que anda sobre sus patas traseras. No lo hace bien, pero ya es asombroso que lo consiga"».[7] Con tal exactitud se repite la historia.

---

[7]   *A Survey of Contemporary Music,* Cecil Gray, pág. 246.

Así, concluí, cerrando el volumen sobre la vida del señor Oscar Browning y apartando los demás, es bastante obvio que ni siquiera en el siglo XIX se alentaba a las mujeres a ser artistas. Por el contrario, se las despreciaba, abofeteaba, adoctrinaba y exhortaba. Su capacidad intelectual y su vitalidad debieron de verse mermadas por la necesidad de oponerse a tal cosa o rebatir tal otra. Y es que en este punto volvemos a adentrarnos en la esfera de ese oscuro complejo masculino, tan interesante, que tanto ha influido en el movimiento feminista; ese deseo hondamente arraigado, no tanto de que ella sea inferior como de que él sea superior, que sitúa al hombre, se mire donde se mire, no solo al frente de las artes, sino que también lo lleva a bloquear el camino de la política, aun cuando el riesgo para él sea insignificante y la peticionaria humilde y devota. Incluso lady Bessborough, recordé, con toda su pasión por la política, tiene que inclinarse humildemente y escribir a lord Granville Leveson-Gower: «[...] pese a toda mi violencia en cuestiones políticas y lo mucho que hablo de ellas, coincido plenamente con usted en que ninguna mujer tiene derecho a inmiscuirse en ningún asunto serio, más allá de dar su opinión (si se le pide)». Y pasa luego a derrochar su entusiasmo sobre un tema de inmensa importancia: el discurso inaugural de lord Granville en la Cámara de los Comunes. Se me antojó que el espectáculo era de lo más extraño. La historia de la oposición masculina a la emancipación de las mujeres quizá sea más interesante que la propia historia de la emancipación. Alguna estudiante de Girton o Newnham podría escribir un libro entretenido y formular una teoría a partir de los ejemplos recopilados, aunque para ello tendría que cubrirse las manos con unos guantes bien gruesos y protegerse con barrotes de oro macizo.

Sin embargo, pensé, cerrando el libro de lady Bessborough, lo que hoy parece divertido fue un asunto muy grave en otro tiempo. Las opiniones que en la actualidad recogemos en un cuaderno titulado «Quiquiriquí» para leerlas ante un público selecto en las noches de verano, en su día arrancaron lágrimas, os lo aseguro. Entre vuestras abuelas y bisabuelas hubo muchas que lloraron a mares. Florence Nightingale aullaba de agonía.[8] Además, vosotras, que habéis ido a la universidad y contáis con salitas particulares —¿o son solo salitas dormitorio?—, podéis decir que el genio debe pasar por alto estas opiniones; que el genio debe estar por encima de lo que digan los demás. Por desgracia, son precisamente los hombres y las mujeres de genio quienes más se preocupan por lo que de ellos se diga. Recordemos a Keats. Recordemos las palabras que hizo esculpir en su lápida. Pensemos en Tennyson; pensemos en..., tampoco es necesario multiplicar los ejemplos del hecho innegable, aunque muy triste, de que el artista, por naturaleza, se preocupa en exceso por lo que se dice de él. La literatura está sembrada de naufragios de hombres preocupados más allá de lo razonable por las opiniones ajenas.

Esta susceptibilidad es doblemente desafortunada, reflexioné, volviendo a mi pregunta original, a cuál es el estado de ánimo más propicio para la obra creativa, pues para lograr el prodigioso esfuerzo de liberar entera e intacta la obra que lleva dentro, la mente del artista debe ser incandescente como la de Shakespeare, conjeturé, contemplando el volumen de las obras completas abierto en *Antonio y Cleopatra*. No puede albergar obstáculo alguno ni materia ajena sin consumir.

Y es que, aunque digamos que no sabemos nada del estado de ánimo de Shakespeare, al decirlo ya estamos diciendo algo de su estado de ánimo. Si sabemos tan poco sobre Shakespeare —en comparación con Donne o Ben Jonson o Milton— tal vez sea porque nos esconde sus rencillas, sus rencores y sus antipatías. No nos asalta ninguna «revelación» que nos recuerde al escritor. Todo deseo de protestar, de predicar, de airear una ofensa, de saldar una cuenta, de hacer al mundo testigo de un problema o una injusticia

---

8   Véase *Cassandra*, de Florence Nightingale, publicado en *The Cause* por R. Strachey.

ardió en él hasta consumirse. Por eso su poesía fluye sin trabas, con entera libertad. Si alguna vez ha habido un ser humano capaz de dar a su obra plena expresión, ha sido Shakespeare. Si alguna vez ha habido una mente incandescente, libre de obstáculos, pensé, mirando de nuevo la estantería, ha sido la de Shakespeare.

CAPÍTULO 4

Dar con una mujer que tuviera la misma mentalidad en el siglo XVI era sin duda imposible. Basta pensar en las tumbas isabelinas, en todos esos niños arrodillados con las manos unidas, en sus muertes prematuras, en sus casas de habitaciones oscuras y estrechas, para comprender que ninguna mujer habría podido escribir poesía en esa época. Sí cabría esperar que, algún tiempo después, una gran señora se sirviera de su libertad y su comodidad relativas para publicar algún escrito con su nombre, aun a riesgo de ser tomada por un monstruo. Los hombres, por supuesto, no son esnobs, continué, soslayando el «feminismo consumado» de Rebecca West; pero acogen con simpatía en la mayoría de los casos los esfuerzos poéticos de una condesa. Es concebible que una dama con título nobiliario recibiera mucho más aliento del que habrían recibido en esa misma época mujeres desconocidas como la señorita Austen o la señorita Brontë. Y al mismo tiempo, es posible que estuviera perturbada por emociones impropias, como el miedo y el odio, y que en sus poemas se apreciaran indicios de esa perturbación. Aquí tenemos, por ejemplo, a lady Winchilsea, pensé, abriendo su poemario. Nació en 1661; era noble por nacimiento y por matrimonio; no tuvo hijos; escribió poesía, y basta con abrir sus poemas para verla estallar de indignación por la situación de las mujeres:

> ¡Qué bajo hemos caído! con tantas normas falsas,
> necias más por cultura que por naturaleza;
> excluidas de todo logro de la razón,
> destinadas y condenadas a ser insustanciales.
> Y si alguna se atreve a alzar el vuelo,
> con fantasía más cálida y ambición pertinaz,
> con tal fuerza responde la facción oponente,
> que el afán de crecer muere a manos del miedo.

Salta a la vista que lady Winchilsea no ha logrado «consumir todos los obstáculos y volverse incandescente». Por el contrario, está acosada y distraída por odios y afrentas. La humanidad se encuentra a sus ojos dividida en dos bandos. Los hombres son «la facción oponente»; los hombres son odiados y temidos, pues tienen el poder de impedirle hacer lo que ella desea, que es escribir.

> A la mujer que intenta ejercitar la pluma,
> se la tiene por tan presuntuosa,
> que no hay virtud que su falta redima.
> Dicen que erramos nuestro sexo y camino,
> que debemos cifrar nuestras aspiraciones
> en buena educación, moda, baile, juego y ropa.
> Que escribir o leer o pensar o inquirir
> podrían empañar nuestra belleza, agotar nuestro tiempo
> y truncar las conquistas de nuestra juventud.
> La tediosa labor de administrar un hogar con criados
> es a decir de algunos nuestro máximo arte y función.

Lo cierto es que se anima a escribir creyendo que lo que escribe nunca verá la luz; se sosiega con este canto triste:

> Canta para algunos amigos y para tu tristeza,
> pues no son para ti las coronas de laurel.
> Sean oscuras tus sombras y en ellas vive contenta.

Sin embargo, es evidente que, de haber podido liberarse del odio y el miedo, en vez de acumular amargura y rencor, ese fuego habría ardido dentro de ella. De vez en cuando lanza palabras que son pura poesía:

> No podrá componer con sedas desvaídas,
> levemente la rosa inimitable.

El señor Murry las elogia con toda justicia, y se cree que Pope evocó estas otras y se apropió de ellas:

> Ahora el junquillo vence al cerebro inane;
> el dolor aromático nos produce desmayo.

Es una lástima enorme que una mujer capaz de escribir así, inclinada a la naturaleza y a la reflexión, se viera forzada a albergar tanta rabia y tanta amargura. Pero ¿cómo hubiera podido evitarlo?, me pregunté, imaginando el desprecio y las carcajadas, la adulación de los hipócritas, el escepticismo del poeta profesional. Debió de encerrarse a escribir en una habitación, en el campo, desgarrada por el resentimiento y acaso por los escrúpulos, aunque su marido fuera la bondad personificada y su vida conyugal perfecta. Y digo «debió de» porque cuando se buscan datos sobre lady Winchilsea, resulta, como de costumbre, que apenas se sabe nada de ella. Sufrió de una melancolía atroz, que podemos explicar en cierto modo cuando nos cuenta cómo, presa de ella, daba en imaginar:

> Mis versos censurados, mi actividad tenida
> por desatino inútil o presunción culpable.

La actividad así condenada no era otra que el inofensivo deambular por los campos, entregada a sus ensoñaciones:

> Mi mano se complace en dibujar objetos inusuales,
> se aparta del camino trillado y conocido.
> No podrá componer con sedas desvaídas
> levemente la rosa inimitable.

Naturalmente, siendo esa su costumbre y su fuente de felicidad, no podía sino esperar la inevitable burla; así, parece ser que Pope o Gay se mofaron de ella y la tildaron de «pedante con ínfulas literarias». Se cree también que ella, a su vez, ofendió a Gay y se burló de él. Su *Trivia,* señaló, revelaba que «lo suyo era caminar delante de una montura, antes que cabalgar». De todos modos, esto son «habladurías sin fundamento» y, a decir del señor Murry, «sin interés». Sin embargo, yo no coincido con él en este punto, pues me hubiera gustado contar con más habladurías sin fundamento para hallar o forjarme una imagen de esta dama, proclive a la melancolía, que se deleitaba deambulando por los campos y pensando en objetos inusuales, de esta mujer que con tanta imprudencia y precipitación despreció «la tediosa labor de administrar un hogar con criados». No supo ser precisa, afirma el señor Murry. Las malas hierbas invadieron su talento y las zarzas lo cercaron. No tuvo la oportunidad de manifestarse como el talento exquisito que era. Y, devolviendo su libro al anaquel, pasé a ocuparme de otra gran dama, la duquesa a la que Lamb amó, la excéntrica y fabulosa Margaret de Newcastle, mayor que lady Winchilsea, aunque contemporánea suya. Siendo muy distintas, comparten algunas semejanzas: las dos eran nobles, no tenían hijos y estaban casadas con hombres excelentes. En ambas arde la misma pasión por la poesía, y las mismas causas desfiguran y deforman sus escritos. Al abrir el libro de la duquesa encontramos el mismo estallido de ira: «Las mujeres viven como murciélagos o lechuzas, trabajan como bestias y mueren como gusanos...». También Margaret habría podido ser poetisa; en nuestros días, toda esa actividad habría logrado poner en movimiento alguna rueda. Pero, en su época, ¿qué habría podido amarrar, domesticar o civilizar para el uso humano una inteligencia tan indómita, generosa y sin instruir como la suya? Su talento se derramaba, sin orden ni concierto, en torrentes de rima y prosa, de poesía y filosofía, solidificados en cuartillas y folios que nadie lee. Tendrían que haberle puesto un microscopio en la mano. Tendrían que haberle enseñado a contemplar las estrellas y a razonar científicamente. La soledad y la libertad le hicieron perder el juicio. Nadie le puso freno. Nadie la educó. Los profesores la adulaban. En la Corte se mofaban de ella. Sir Egerton Brydges lamentaba su aspereza «impropia de una mujer de alto rango y criada en la Corte». Y se encerró en Welbeck, sola.

¡Qué visión de tumulto y soledad evoca la figura de Margaret Cavendish!, como si un pepino gigante hubiera proliferado entre las rosas y los claveles del jardín hasta aniquilarlos por completo ¡Qué pérdida tan grande que la mujer que escribió «las mujeres que han recibido la mejor educación tienen la mentalidad más refinada» malgastara su tiempo garabateando frases sin sentido y hundiéndose progresivamente en la oscuridad y en la locura, a tal punto que la gente se arremolinaba alrededor de su coche para mirarla cuando salía a pasear! Huelga decir que la duquesa loca se convirtió en el coco con que asustar a las niñas listas. Aparté el libro de la duquesa y abrí las cartas de Dorothy Osborne. Dorothy escribe a Temple, al hilo del nuevo libro de la duquesa: «A buen seguro la pobre mujer está un poco trastornada; de lo contrario no caería en el ridículo de aventurarse a escribir libros, y para colmo en verso. Yo no llegaría a tales extremos aunque pasara dos semanas sin dormir».

Y así, puesto que ninguna mujer recatada y con sentido común podía permitirse escribir libros, Dorothy, que era sensible y melancólica, el polo opuesto de la duquesa en cuestión de temperamento, no escribió nada. Sus cartas no cuentan. Una mujer podía escribir cartas sentada junto al lecho de su padre enfermo. Podía escribirlas al calor de la lumbre mientras los hombres conversaban, sin importunarlos. Lo curioso es, pensé, pasando las páginas de las cartas de Dorothy, el talento que tenía esa muchacha inculta y solitaria para componer frases y dibujar escenas. Escuchadla:

«Nos sentamos a charlar después de comer, hasta que sale a colación el asunto del señor B, y entonces me retiro. Paso las horas de calor leyendo o trabajando, y a eso de las seis o las siete salgo a pasear por unos prados que hay junto a la casa, donde muchas mozas que guardan sus vacas y sus ovejas se sientan a la sombra a cantar sus baladas. Me acerco a ellas y comparo sus voces y la belleza de algunas con las de las antiguas pastoras sobre las que he leído, y encuentro una diferencia enorme, pero creedme si os digo que son tan inocentes como lo fueron aquellas. Hablo con ellas y descubro que para ser las personas más felices del mundo tan solo necesitan saber que lo son. Suele ocurrir, cuando estamos enzarzadas en la conversación, que alguna mira en torno para vigilar a su vaca, que se ha adentrado en el maizal, y todas salen corriendo como si tuvieran alas en los pies. Yo, que no soy tan ágil, me quedo rezagada y, al verlas regresar con el ganado, pienso que ya va siendo hora de retirarme también. Después de la cena salgo al jardín y bajo hasta la orilla de un riachuelo que lo surca, y allí me siento, deseándote a mi lado...».

Yo juraría que Dorothy tenía madera de escritora. Sin embargo, cuando afirma: «Yo no llegaría a tales extremos aunque pasara dos semanas sin dormir», nos da la medida del rechazo que debía afrontar la mujer que se atrevía a escribir, pues aun una mujer con grandes dotes para la escritura, como era ella, llega a convencerse de que escribir un libro es un asunto ridículo, cuando no un signo de perturbación mental. Y así llegamos, continué, devolviendo al estante el breve volumen de las cartas de Dorothy Osborne, a Aphra Behn.

72

Y con ella doblamos un importante recodo del camino. Dejamos atrás, encerradas en sus jardines, entre sus cuartillas, a esas grandes damas solitarias que escribieron sin público ni crítica, para su propio deleite. Llegamos a la ciudad y nos codeamos en la calle con personas corrientes. Aphra Behn era una mujer de clase media, dotada de virtudes plebeyas como el humor, la vitalidad y la valentía; una mujer forzada por la muerte de su marido y alguna desafortunada aventura personal a ganarse la vida con su ingenio. Tuvo que trabajar en igualdad de condiciones con los hombres. Con mucho esfuerzo, ganó lo suficiente para vivir. Esta situación supera en importancia a todo lo que llegó a escribir, incluso su espléndido «Mil mártires he hecho» o «Sentado el amor en fantástico triunfo», pues es entonces cuando comienza la libertad mental o, mejor dicho, la posibilidad de que, con el paso del tiempo, la mente pueda gozar de libertad para escribir lo que se le antoje. Después de que Aphra Behn allanara el camino, las jóvenes pudieron decirles a sus padres: «No me deis dinero; puedo ganarlo con mi pluma». Aunque la respuesta seguiría siendo por muchos siglos: «¡Sí claro, llevando la vida de Aphra Behn! ¡La muerte sería preferible!» Y la puerta se cerraba más deprisa que nunca. Un tema de tan hondo interés como es el valor que los hombres atribuyen a la castidad femenina y a sus consecuencias en la educación de las mujeres se presta aquí a la discusión, y quizá llegara a convertirse en un buen libro si alguna estudiante de Girton o de Newnham se interesara en explorarlo. Lady Dudley, cubierta de diamantes y rodeada de mosquitos en un páramo de Escocia, podría servir de frontispicio. Lord Dudley, dijo el *Times* hace unos días, cuando murió lady Dudley, «un hombre de gustos cultivados y numerosas habilidades, era benevolente y pródigo, aunque despótico y caprichoso. Insistía en que su mujer vistiera traje largo incluso en su remoto pabellón de caza de las Tierras Altas; y la cubrió de joyas fabulosas», etcétera; «le dio cuanto ella quiso, salvo alguna medida de responsabilidad». Cuando lord Dudley sufrió un ataque, ella cuidó de él y se ocupó en lo sucesivo de la administración de sus propiedades con suma competencia. Ese despotismo caprichoso también existía en el siglo XIX.

Pero volvamos atrás. Aphra Behn demostró que una mujer podía ganar dinero con la escritura, quizá a costa de sacrificar algunas cualidades agradables; y así, muy poco a poco, escribir fue dejando de ser un signo de locura o de trastorno mental para convertirse en un asunto de importancia práctica. Un marido podía morir, o un desastre podía sobrevenir a la familia. A lo largo del siglo XVIII, centenares de mujeres comenzaron a redondear la asignación que recibían para sus gastos personales o acudieron al rescate de sus familias haciendo traducciones o escribiendo un sinfín de pésimas novelas que hoy ni siquiera figuran en los libros de texto, aunque pueden comprarse por lotes al precio de cuatro peniques en los puestos de viejo de Charing Cross Road. La desbordante actividad intelectual que desplegaron las mujeres hacia finales del siglo XVIII —el debate, el encuentro, la redacción de ensayos sobre Shakespeare y la traducción de los clásicos— se fundaba en el hecho incontestable de que podían ganar dinero escribiendo. El dinero dignifica lo que se tiene por frívolo si no se paga por ello. Es posible que algunos siguieran burlándose de ellas y tildándolas de «pedantes con ínfulas literarias», pero nadie podía negar que eran capaces de llevarse dinero al bolsillo. Así, hacia finales del siglo XVIII, se produjo un cambio que, si yo tuviera que reescribir la historia, no dudaría en describir por extenso y en considerar de mayor importancia que las cruzadas o las guerras de las Rosas. La mujer de clase media empezó a escribir. Y es que, si algún valor tiene *Orgullo y prejuicio,* si algún valor tienen *Middlemarch* y *Villete* y *Cumbres borrascosas,* mayor valor aún de lo que yo puedo demostrar en una hora de conferencia tiene el hecho de que las mujeres en general, no solo las aristócratas solitarias encerradas en sus casas de campo entre cuartillas y aduladores, comenzaran a escribir. Sin estas predecesoras, ni Jane Austen ni

George Eliot ni las Brontë habrían podido escribir, como tampoco habría podido Shakespeare sin Marlowe, o Marlowe sin Chaucer, o Chaucer sin aquellos poetas olvidados que allanaron el camino y domaron la naturaleza salvaje de la lengua. Y es que las obras maestras no son logros aislados y solitarios; son el resultado de muchos años de pensamiento en común, del pensamiento colectivo de muchas personas, de tal suerte que, tras esa voz individual, se encuentra la experiencia de la masa. Jane Austen habría hecho bien en depositar una corona de flores en la tumba de Fanny Burney, y George Eliot tendría que haber rendido homenaje a la densa sombra de Eliza Carter, esa mujer valiente que ató una campanilla a la cabecera de su cama para despertarse temprano y estudiar griego. Todas las mujeres deberían dejar flores en la tumba de Aphra Behn, que escandalosa aunque muy oportunamente se encuentra en la Abadía de Westminster, pues fue ella quien conquistó para todas el derecho a expresarse. Gracias a ella —pese a su mala fama y a sus amoríos—, esta noche puedo deciros, sin que parezca nada del otro mundo: ganad con vuestro ingenio quinientas libras al año.

Así llegué a los comienzos del siglo XIX, y entonces, por primera vez, encontré varios estantes llenos de libros escritos por mujeres. Sin embargo, al recorrerlos con la mirada, no pude dejar de preguntarme por qué todos ellos, con muy pocas excepciones, eran novelas. El impulso original fue la poesía. El «jefe supremo del canto» fue una poetisa. Tanto en Francia como en Inglaterra las poetisas preceden a las novelistas. Además, pensé, observando los cuatro nombres famosos, ¿qué tenían en común George Eliot y Emily Brontë? ¿No es cierto que Charlotte Brontë no entendió en absoluto a Jane Austen? Al margen del detalle acaso relevante de que ninguna de ellas tuvo hijos, habría sido difícil reunir en una misma habitación cuatro personalidades más dispares, de ahí que me resultara más tentador si cabe imaginar un encuentro y un diálogo entre ellas. Alguna fuerza extraña las impulsó a escribir novelas. ¿Tendría algo que ver con el hecho de ser de clase media, y con la circunstancia, brillantemente demostrada poco después por la señorita Emily Davies, de que la familia de clase media en el siglo XIX compartía una misma sala de estar? Si una mujer escribía, tenía que escribir en esa sala común. Y, como tan vehementemente lamentaba Florence Nightingale («las mujeres nunca disponen de media hora... que puedan llamar propia»), siempre las interrumpían. Con todo, debía de ser más fácil escribir prosa y novela que escribir poesía o teatro. Exigía menos concentración. Jane Austen escribió hasta el final de sus días. «Es asombroso que lograra hacer tantas cosas —escribe su sobrino—, porque no disponía de un estudio al que retirarse, y la mayor parte de su trabajo debió de hacerlo en la sala de estar común, expuesta a constantes interrupciones. Se cuidaba mucho de que ni los criados ni las visitas ni otras personas ajenas al círculo familiar sospecharan cuál era su ocupación»[9]. Jane Austen escondía sus manuscritos o los ocultaba con una hoja de papel secante. En los primeros años del siglo XIX, la única formación literaria que tenía una mujer seguía siendo fruto de la observación de la personalidad y el análisis de las emociones. La sensibilidad femenina se había educado durante siglos en la influencia de esa sala de estar común. Allí grababa en su mente los sentimientos de los demás y observaba sus relaciones personales. Por eso, cuando las mujeres de clase media empezaron a escribir, escribieron naturalmente novelas, aun cuando es evidente que dos de las cuatro escritoras más famosas no eran por naturaleza novelistas. Emily Brontë debería haber escrito teatro poético, y la desbordante capacidad intelectual de George Eliot debería haberse desplegado, una vez agotado el impulso creador, en el terreno de la historia o de la biografía. Pero escribieron novelas. Incluso cabía ir más lejos, pensé, tomando el ejemplar de *Orgullo y prejuicio,* y afirmar que escribieron buenas novelas. Sin

---

9 *Memoir of Jane Austen,* escrita por su sobrino James Edward Austen Leigh.

presunción alguna, y sin herir al sexo masculino, puede decirse que *Orgullo y prejuicio* es un buen libro. Al menos, nadie se avergonzaría si lo sorprendiesen leyendo *Orgullo y prejuicio*. Y, sin embargo, cada vez que chirriaba una bisagra, Jane Austen se alegraba de poder esconder su manuscrito antes de que alguien entrase. Había para ella algo deshonroso en el hecho de escribir *Orgullo y prejuicio*. Y me pregunté: ¿habría sido *Orgullo y prejuicio* una novela mejor si Jane Austen no hubiera sentido la necesidad de ocultar su manuscrito de las visitas? Leí un par de páginas y no encontré señal alguna de que las circunstancias hubieran afectado a su trabajo en lo más mínimo. Quizá ese fuera el mayor milagro. Que una mujer, hacia el año 1800, escribiera sin odio, sin amargura, sin miedo, sin quejas, sin sermonear. Así escribía Shakespeare, pensé, dirigiendo la mirada a *Antonio y Cleopatra;* y cuando se compara a Shakespeare con Jane Austen, tal vez quiera decirse que las mentes de ambos habían quemado todos los obstáculos; por eso no conocemos a Jane Austen ni conocemos a Shakespeare, y por eso Jane Austen está presente en cada una de las palabras que escribió, igual que lo está Shakespeare. Si Jane Austen sufrió en algún sentido por sus circunstancias, fue por la estrechez de la vida que le impusieron. Una mujer no podía salir sola. Jamás viajaba; no podía subir a un ómnibus en Londres ni comer sola en un restaurante. Aunque quizá estuviera en la naturaleza de Jane Austen no desear aquello que no podía alcanzar. Su talento y sus circunstancias se acoplaron a la perfección. Dudo, de todos modos, que pueda decirse lo mismo de Charlotte Brontë, dije, abriendo el volumen de *Jane Eyre* y depositándolo junto a *Orgullo y prejuicio*.

Lo abrí por el capítulo doce, y una frase me llamó la atención de inmediato: «Censúreme quien quiera». ¿Por qué censurarían a Charlotte Brontë? Y leí que Jane Eyre tenía por costumbre subir a la azotea a contemplar la lejanía más allá de los campos, mientras la señora Fairfax hacía mermeladas. Y entonces anhelaba —de ahí la censura—:

«Un poder de visión capaz de sobrepasar ese límite; capaz de alcanzar el bullicioso mundo, con sus ciudades y sus regiones rebosantes de vida, de las que había oído hablar pero nunca había visto; deseaba más experiencia práctica de la que poseía; más relación con mis semejantes, de personalidades más variadas de las que se encontraban a mi alcance. Apreciaba cuanto de bueno había en la señora Fairfax y cuanto de bueno había en Adèle, pero creía en la existencia de otras formas de bondad más vívidas, y deseaba contemplar aquello en lo que creía.

»¿Quién me censura? Muchos, sin duda. Y dirán que estoy descontenta. No podía evitarlo: el desasosiego estaba en mi naturaleza, me agitaba hasta el dolor en ocasiones...

»Es vano afirmar que los seres humanos debieran conformarse con la tranquilidad: necesitan acción, y la fabricarán si no la encuentran. Millones de personas viven condenadas a un destino aún más tranquilo que el mío, y millones se sublevan en silencio contra su suerte. Nadie sabe cuántas rebeliones fermentan en la inmensa cantidad de vida que puebla la tierra. A las mujeres se las tiene en general por muy tranquilas, pero las mujeres albergan los mismos sentimientos que los hombres: necesitan ejercitar sus facultades, y un terreno de acción, tanto como sus hermanos. Sufren las consecuencias de unas restricciones demasiado rígidas, de un estancamiento demasiado absoluto, exactamente igual que sufrirían los hombres en tales circunstancias. Y es cortedad de miras, por parte de sus semejantes más privilegiados, el afirmar que debieran ceñirse a hacer budines o a tricotar, a tocar el piano y a bordar bolsos. Es una descortesía condenarlas, o burlarse de ellas, por el hecho de aspirar a hacer más o aprender más de lo que la costumbre ha juzgado conveniente para su sexo.

»En esos momentos de soledad no oía las carcajadas de Grace Poole...».

Me pareció un inciso torpe sacar a colación de buenas a primeras las carcajadas de Grace Poole. Rompía el flujo. Quizá fuera posible, pensé, dejando el volumen junto a *Orgullo y prejuicio,* que la mujer que escribió aquellas páginas tuviera más genio que Jane Austen, pero, al releerlas y detectar esa brusca interrupción, se aprecia que nunca logrará expresar su talento intacto y pleno. Sus libros serán deformados y retorcidos. Escribirá movida por la ira, cuando debiera escribir con serenidad. Dirá necedades allí donde debiera expresarse con sabiduría. Hablará de sí misma en vez de hablar de sus personajes. Está en guerra con su destino. ¿Cómo no iba a morir joven, frustrada y empequeñecida?

No pude por menos que jugar con la idea de qué habría sido de Charlotte Brontë si hubiera contado con trescientas libras al año, digamos; pero la muy insensata vendió los derechos de sus novelas por un pago único de quince mil libras. ¿Qué habría sido de ella de haber tenido más conocimientos del bullicioso mundo, de sus ciudades y sus regiones rebosantes de vida; más experiencia práctica y más relación con sus semejantes, de personalidades más variadas? Con estas palabras pone el dedo en la llaga, no solo de sus propios defectos como novelista, sino también de los defectos de las mujeres de su tiempo. Sabía mejor que nadie lo mucho que se habría beneficiado su genio de no haberse entregado a la contemplación solitaria de las lejanías; de haber podido acumular experiencias, relaciones y viajes. Pero ninguna de estas cosas se hallaba a su alcance; le fueron negadas, y no tenemos más remedio que aceptar que todas esas buenas novelas —*Villete, Emma, Cumbres borrascosas* o *Middlemarch*— fueron escritas por mujeres sin más experiencia de la vida de la que cabía en el hogar de un clérigo respetable; escritas, por añadidura, en la sala de estar común de ese hogar respetable, por mujeres tan pobres que no podían permitirse comprar de una vez más que un puñado de cuartillas para escribir *Cumbres borrascosas* o *Jane Eyre.* Es verdad que una de ellas, George Eliot, se libró de su suerte luego de muchas vicisitudes, pero acabó recluida en una villa de St. John's Wood. Allí se instaló, a la sombra de la desaprobación del mundo. Y escribió: «Quiero que se comprenda que jamás invitaré a nadie que no me haya pedido ser invitado». Porque, al vivir en pecado, con un hombre casado, ¿no dañaría la castidad de la señora Smith o de quienquiera que pasara a visitarla? Tuvo que someterse a las convenciones sociales y «alejarse de todo cuanto se llama el mundo». Al mismo tiempo, en el extremo opuesto de Europa, había un joven que vivía libremente con una gitana o una gran señora, iba a la guerra, cosechaba sin trabas y sin censura de nadie una amplia y variada experiencia de la vida humana, que tan espléndidamente le serviría más adelante para escribir sus libros. Y pensé que, de haber vivido Tolstói recluido en el Priorato con una mujer casada, «alejado de todo cuanto se llama el mundo», por edificante que fuera la enseñanza moral, difícilmente hubiera escrito nunca *Guerra y paz*.

Quizá fuera posible ahondar un poco más en la cuestión de la escritura de novelas y las consecuencias que la condición sexual tiene sobre los novelistas. Si cerramos los ojos y pensamos en la novela como un todo, esta se nos revela como una imagen de la vida en un espejo, bien es verdad que con numerosas simplificaciones y distorsiones. En todo caso, es una estructura que imprime una forma en la mente, tan pronto un bloque cuadrado como una pagoda, tan pronto dotada de alas y arcos como compacta, sólida y coronada por una cúpula, como la catedral de Santa Sofía de Constantinopla. Esta forma, pensé, rememorando algunas novelas famosas, despierta en el espíritu la emoción que le es más natural. Pero dicha emoción se mezcla al punto con otras, porque la «forma» no viene dada por la relación de la piedra con la piedra, sino por la relación del ser humano con el ser humano. Por eso una novela despierta en todos nosotros tal cantidad de emociones encontradas y antagónicas. La vida entra en conflicto con algo que no es la vida. De ahí la dificultad de llegar a un acuerdo sobre las novelas; de ahí la inmensa influencia que nuestros prejuicios personales ejercen sobre nosotros. Por un lado, sentimos que Tú —Juan el héroe— tienes que vivir, de lo contrario me sumiré en los abismos de la desesperación. Por otro lado, ¡ay!, sentimos que Tú, Juan, debes morir, porque el libro así lo exige. La vida entra en conflicto con algo que no es la vida. Pero, al ser en parte vida, la juzgamos como tal. Jaime es de esa clase de hombres que me parece más detestable. Esto es un fárrago absurdo: jamás podría sentir nada semejante. La estructura en su conjunto, como resulta obvio cuando pensamos en cualquier novela famosa, es de una complejidad infinita, puesto que se compone de numerosos juicios y emociones diferentes. Lo asombroso es que un libro así creado pueda sobrevivir más de uno o dos años, o que signifique para el lector inglés lo mismo que significa para el ruso o el chino. Sin embargo, a veces sobreviven extraordinariamente bien. Y lo que hace posible esos raros ejemplos de supervivencia (pensaba en *Guerra y paz)* es algo que llamamos integridad, aunque nada tenga que ver con pagar las facturas o comportarse honrosamente en una situación de emergencia. Lo que entendemos por integridad, en el caso del novelista, es la convicción de que nos ofrece la verdad. Nos hace sentir que nunca habríamos creído que eso pudiera ser cierto, que nunca hemos conocido a nadie que se comportara así. Pero consigue convencernos de que es verdad, de que ocurre. Mientras leemos, observamos cada frase y cada escena a contraluz, porque, de una forma muy extraña, la naturaleza parece habernos dotado de una luz interior que nos permite juzgar la integridad o la falta de integridad del novelista. O quizá suceda que la naturaleza, en su faceta más irracional, ha escrito con tinta invisible en las paredes de la mente una premonición que los grandes artistas vienen a confirmarnos; ha trazado un dibujo que solo necesita verse iluminado por la llama del genio para tornarse visible. Al exponerlo a esa llama y verlo cobrar vida, exclamamos embelesados: «¡Pero si es lo que siempre he sentido y sabido y deseado!». Y bullimos de entusiasmo. Cerramos el volumen casi con reverencia, como si fuera un objeto muy valioso, un lugar al que podremos regresar mientras sigamos con vida; lo dejamos en el estante, pensé, tomando *Guerra y paz* para devolverlo a su lugar. Si, por el contrario, estas pobres frases que escogemos y ponemos a prueba suscitan primero una respuesta ávida e inmediata, por su brillante colorido y sus gestos veloces, pero luego se detienen, como si algo les impidiera desarrollarse, o si se limitan a iluminar un tenue garabato en un rincón, o un borrón en otra parte, sin mostrar nada entero e intacto, entonces suspiramos con decepción y decimos: «Otro fracaso. Esta novela falla en algo».

Y es que la mayoría de las novelas, naturalmente, fallan en algo. La imaginación titubea ante la enormidad de la empresa. La intuición se confunde y deja de discernir entre lo verdadero y lo falso; pierde la fuerza necesaria para prolongar el ímprobo esfuerzo que exige en cada momento el uso de tantas facultades distintas. Pero, cómo afecta a todo esto el sexo del novelista, me pregunté, observando el volumen de *Jane Eyre* y los demás. ¿Es posible que la condición sexual interfiera en la integridad de una novelista, esa integridad que, en mi opinión, es la columna vertebral del escritor? Los citados pasajes de *Jane Eyre* ponen de manifiesto que la rabia obstaculiza la integridad de Charlotte Brontë como novelista. Charlotte Brontë abandona su historia, en la que debía haber puesto toda su devoción, para ocuparse de una afrenta personal. Recuerda que se ha visto privada de una parte de la experiencia que en justicia le correspondía, que se ha visto obligada a vivir encerrada en una rectoría, remendando medias, cuando su deseo era deambular libremente por el mundo. Advertimos que la indignación la desvía de su imaginación. Pero no era únicamente la rabia lo que tiraba de su imaginación y la apartaba de su camino; había muchas más influencias. La ignorancia, por ejemplo. El retrato de Rochester está trazado a ciegas. Detectamos en él la influencia del miedo, lo mismo que sentimos en todo momento una amargura que es fruto de la opresión, un sufrimiento soterrado que arde bajo su pasión, un rencor que hace a sus libros, por espléndidos que sean, contraerse en un espasmo de dolor.

Y, como la novela se corresponde con la vida real, sus valores son en cierto sentido los mismos de la vida real. Es evidente, sin embargo, que los valores femeninos difieren a menudo de los valores creados por el otro sexo; y es natural que así sea. Son los valores masculinos los que prevalecen. Hablando en plata, el fútbol y los deportes son «importantes»; el culto a la moda y la compra de ropa son «triviales». Y estos valores por fuerza se trasladan de la vida a la literatura. La crítica asegura que tal libro es importante porque trata de la guerra. Otro, por el contrario, es insignificante porque se ocupa de los sentimientos de las mujeres en una sala de estar. Una escena en un campo de batalla es más relevante que una escena en una tienda: en todas partes, y de maneras mucho más sutiles, la diferencia de valor persiste. Así, la estructura de la novela de principios del siglo XIX escrita por mujeres es obra de una mente ligeramente desviada de la línea recta y forzada a alterar la claridad de su visión en obediencia a una autoridad externa. Basta con hojear esas antiguas novelas olvidadas y prestar atención al tono con que están escritas para adivinar que su autora era objeto de diversas críticas; decía tal cosa con ánimo de agredir, tal otra con ánimo de conciliar. Reconocía que era «tan solo una mujer» o protestaba y proclamaba que valía «tanto como un hombre». Afrontaba las críticas según los dictados de su temperamento, bien con docilidad y recato, bien con rabia y exaltación. Tanto da lo uno como lo otro; lo que importa es que no pensaba en la novela, sino en otra cosa. Y el libro se nos cae de las manos. Comprendemos que falla en lo esencial. Pensé entonces en todas las mujeres novelistas desperdigadas, como manzanas picoteadas en un huerto, en las librerías de viejo de Londres. Era ese defecto esencial la causa de su podredumbre: que la autora había alterado sus valores en obediencia a la opinión ajena.

Claro está que debió de ser imposible para estas escritoras no inclinarse hacia uno u otro lado. ¡Cuánto talento, cuánta integridad habrían necesitado, sometidas a tantas críticas, inmersas en aquella sociedad puramente patriarcal, para aferrarse a lo que veían sin recular! Solo Jane Austen y Emily Brontë lo consiguieron. Es otra pluma, quizá la más delicada, la que adorna sus sombreros. Escribieron como escriben las mujeres, no como escriben los hombres. De los miles de mujeres que escribieron novelas en esa época, solo ellas dos ignoraron por completo las admoniciones perpetuas del eterno pedagogo: escribe esto; piensa aquello. Solo ellas dos se mostraron sordas a esa voz persistente, ya refunfuñona, ya condescendiente, ya dominante, ya ofendida, ya horrorizada, ya airada, ya paternalista, a esa voz que no deja en paz a las mujeres, que las asedia como una gobernanta quisquillosa, que les ordena, como sir Egerton Brydges, ser refinadas; que introduce en la crítica de la poesía la crítica sexual;[10] las exhorta, si quieren ser buenas y ganar, supongo, algún reluciente galardón, a no sobrepasar ciertos límites que los caballeros en cuestión consideran oportunos: «[...] las mujeres novelistas únicamente debieran aspirar a la excelencia reconociendo con valentía las limitaciones de su sexo».[11] Esto lo dice todo en pocas palabras. Y si os digo que esta frase no se escribió en agosto de 1828, sino en agosto de 1928, convendréis conmigo en que, por enternecedora que hoy pueda parecernos, representa una opinión muy generalizada —no tengo intención de remover las aguas de esos viejos estanques; me limito a recoger lo que el azar ha arrastrado hasta mis pies—, mucho más vigorosa y más voceada hace un siglo. Una mujer, en 1828, habría necesitado una fortaleza inquebrantable para abstraerse de tanto desprecio, de tanta censura y tantas promesas de galardones. Habría tenido que ser casi una activista para decirse: no pueden

---

10 «[Ella] tiene un propósito metafísico, y esa es una obsesión muy peligrosa en una mujer, por cuanto que las mujeres rara vez poseen el saludable amor masculino por la retórica. Sorprende esta carencia en el sexo femenino, siendo como es, en otros aspectos, más primitivo y más materialista». *New Criticism,* junio de 1928.

11 «Si, como este reseñador, creen ustedes que las mujeres novelistas únicamente debieran aspirar a la excelencia reconociendo con valentía las limitaciones de su sexo (Jane Austen ha demostrado con mucha elegancia que tal gesto es posible)...». *Life and Letters,* agosto de 1928.

atacar también a la literatura. La literatura es un espacio abierto a todo el mundo. Me niego a consentirte, por muy bedel que seas, que me expulses del césped. Puedes cerrar tus bibliotecas si te place; pero no hay verja, ni cerradura, ni candado que puedas imponer a mi libertad de pensamiento.

Fuera cual fuere el efecto que la disuasión y las críticas tuvieron en la literatura de estas mujeres —y yo creo que fue un efecto muy notable—, poco importaba en comparación con la otra dificultad que hubieron de arrostrar (seguía pensando en las novelistas de principios del siglo XIX) cuando decidieron verter sus pensamientos sobre el papel: el hecho de que no contaban con ninguna tradición, o de que esta era tan breve y parcial que apenas les servía de nada. Y es que, si somos mujeres, pensamos a través de nuestras madres. Es inútil acudir a los grandes escritores en busca de ayuda, aunque los frecuentemos por placer. Lamb, Browne, Thackeray, Newman, Sterne, Dickens, De Quincey —cualquiera— nunca han ayudado a una mujer, aun cuando esta haya podido aprender algunos de sus trucos y adaptarlos a sus fines. El peso, el ritmo, la zancada del intelecto masculino son demasiado distintos para que la mujer pueda extraer de ellos nada sustancial. El simio se encuentra demasiado lejos para ser diligente. Tal vez lo primero que descubría la mujer, al tomar la pluma, es que no disponía de una frase común lista para su uso. Todos los grandes novelistas, como Thackeray, Dickens y Balzac, escribieron una prosa natural, ágil aunque no desaliñada, expresiva aunque no preciosista, que adoptaba sus propios matices sin dejar de ser propiedad colectiva. Se basaron en la frase que era común en su época. La frase común a principios del siglo XIX diría, tal vez, algo semejante a esto: «La grandeza de sus obras era a sus ojos un argumento, no para pararse en seco, sino para pasar a la acción. Nada les procuraba mayor entusiasmo o satisfacción que el ejercicio de su arte y la inacabable generación de verdad y belleza. El éxito incita al ejercicio, y la costumbre propicia el éxito». Esta es una frase masculina, tras la que podemos ver a Johnson, a Gibbon y a todos los demás. Era una frase inservible para una mujer. Charlotte Brontë, pese a sus espléndidas dotes prosísticas, tropezaba y caía con un arma tan torpe entre las manos. George Eliot cometió con ella atrocidades indescriptibles. Jane Austen la miró, se echó a reír, y pergeñó una construcción que le fuera absolutamente natural, la configuró de la manera más idónea y jamás se alejó de ella. Así, teniendo menos talento literario que Charlotte Brontë, logró decir infinitamente más. Y, al ser la libertad y la plenitud expresivas la misma esencia del arte, esa falta de tradición, esa escasez de herramientas adecuadas deben de haber pesado muchísimo en la literatura escrita por mujeres. Además, los libros no se escriben colocando una frase detrás de otra, sino construyendo con las oraciones, si la imagen sirve de algo, arcadas o cúpulas. Y también esta forma la han creado los hombres al servicio de sus propias necesidades y de sus propios fines. No hay razón para pensar que la forma de la épica o de la obra de teatro poética conviene más a las mujeres de lo que les conviene la frase. Todas las formas de la literatura antigua estaban definitivamente consolidadas y endurecidas cuando las mujeres empezaron a escribir. Solo la novela tenía la juventud suficiente para ser moldeable en sus manos, quizá otra de las razones por las que escribieron novelas. Ahora bien, ¿quién se atrevería a afirmar que incluso hoy «la novela» (lo pongo entre comillas para subrayar lo impropias que me parecen estas palabras), quién se atrevería a afirmar que aun la más modelable de las formas literarias es la más idónea para las mujeres? No cabe duda de que, cuando la mujer pueda hacer uso de sus extremidades libremente, la veremos dar a la novela la forma que desee, y también idear un nuevo vehículo, no necesariamente en verso, para expresar la poesía que lleva dentro. Porque la poesía sigue siendo un terreno prohibido. Y pasé a preguntarme cómo escribiría una mujer de hoy una tragedia poética en cinco actos; si se serviría del verso o si por el contrario emplearía la prosa.

De todos modos, estas son preguntas difíciles de responder, puesto que yacen en la penumbra del futuro. Más vale que me aparte de ellas, aunque solo sea porque me incitan a desviarme de mi objetivo hacia bosques sin sendas, en los que me perdería y, muy probablemente, me devorarían las alimañas. No deseo, y estoy segura de que tampoco vosotras lo deseáis, sacar a colación un tema tan sombrío como el futuro de la novela, por lo que solo me detendré un momento para llamar vuestra atención sobre la importante función que las condiciones físicas, en lo que atañe a las mujeres, habrán de desempeñar en ese porvenir. El libro tiene que adaptarse al cuerpo en cierto modo, y a bote pronto, yo diría que los libros de las mujeres deberían ser más cortos, más concentrados que los de los hombres; deberían concebirse de tal forma que no requieran largas horas de trabajo continuado y sin interrupciones. Porque interrupciones siempre habrá. Por lo visto, los nervios que alimentan el cerebro son distintos en el hombre y la mujer, y si queréis que las mujeres trabajen con ahínco, que den lo mejor de sí, habrá que dar con la fórmula más conveniente para ellas: pensar, por ejemplo, si esas horas de estudio que los monjes establecieron hace cientos de años les convienen a ellas; cómo alternar el tiempo de trabajo y descanso, entendiendo por descanso no el no hacer nada, sino el hacer algo distinto; y cuál debería ser la diferencia. Habría que discutir y averiguar todos estos detalles, pues todos forman parte del tema de las mujeres y la literatura. Sin embargo, continué, acercándome de nuevo a los estantes: ¿dónde voy a encontrar ese minucioso estudio de la psicología femenina escrito por una mujer? Si por su incapacidad para jugar al fútbol no se va a permitir que las mujeres practiquen la medicina...

Felizmente mis pensamientos tomaron entonces un rumbo distinto.

Alma Clásicos Ilustrados
reúne una selección de la mejor literatura
universal. Clásicos para entretener e iluminar a
lectores de todas las edades e intereses.

Esperamos que estas magníficas
ediciones ilustradas te inspiren para recuperar
ese libro que siempre has querido leer,
releer ese clásico que te entusiasmó
o dar una nueva oportunidad a uno que quizás
no tanto. Libros cuidadosamente editados,
traducidos e ilustrados para disfrutar del placer
de la lectura con todos los sentidos.

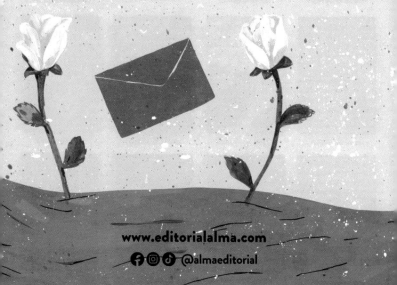

ALMA CLÁSICOS ILUSTRADOS

CAPÍTULO 5

Por fin, tras estas divagaciones, había llegado a los anaqueles que contienen los libros escritos por hombres y mujeres vivos; y es que las mujeres escriben hoy tantos libros como los hombres. O, si esto no fuera del todo cierto, si el hombre siguiera siendo más locuaz, sí es cierto que las mujeres han dejado de escribir exclusivamente novelas. Ahí están los libros de arqueología griega de Jane Harrison; los de estética de Vernon Lee; los estudios sobre Persia de Gertrude Bell. Hay toda clase de libros, de temática diversa, que una mujer de la generación anterior jamás podría haber tocado. Hay poemas, obras de teatro y crítica; hay historias y biografías, libros de viaje y trabajos eruditos y de investigación; hay incluso algunos libros de filosofía, de ciencia y de economía. Y aun cuando predominan las novelas, es muy posible que estas hayan cambiado al relacionarse con libros de distinta naturaleza. La sencillez natural, los tiempos épicos de la literatura femenina, quizá hayan quedado atrás para siempre. La lectura y la crítica literaria quizá hayan ofrecido a las mujeres un territorio más amplio y una mayor sutileza. El impulso hacia la autobiografía quizá se haya agotado.

Quizá las mujeres estén empezando a utilizar la literatura como arte, no como medio de expresión. Quizá en estas nuevas novelas hallaríamos la respuesta a algunas de estas preguntas.

Cogí uno de los volúmenes al azar. Se encontraba en un extremo del estante y llevaba por título *La aventura de la vida,* o algo por el estilo; es obra de Mary Carmichael y se ha publicado este mismo mes de octubre. Por lo visto es su primer libro, me dije, pero hay que leerlo como si se tratara del último volumen de una larga serie, una prolongación de todos los demás libros que he estado hojeando: los poemas de lady Winchilsea, las obras de teatro de Aphra Behn y las novelas de las cuatro grandes novelistas. Porque los libros son la prolongación de libros anteriores, pese a nuestra costumbre de juzgarlos por separado. Y también a esta mujer desconocida debemos verla como descendiente de esas otras mujeres cuyas circunstancias he estado analizando, y observar qué ha heredado de sus características y sus limitaciones. Así, con un suspiro, puesto que las novelas tantas veces proporcionan un anodino en lugar de un antídoto, nos sumergen en un sopor letárgico en lugar de despertarnos con una tea incandescente, me senté con lápiz y papel dispuesta a sacar el mayor provecho de la primera novela de Mary Carmichael, *La aventura de la vida.*

Para empezar recorrí la página de arriba abajo con la mirada. Quería tomar el pulso de las frases antes de que mi memoria se colmara de ojos azules y castaños o de la relación que podía existir entre Chloe y Roger. Tiempo habrá para eso cuando haya concluido si la autora tiene en la mano una pluma o una piqueta. Saboreé un par de frases. No tardé en percatarme de que algo fallaba. Algo interrumpía el suave deslizarse de la prosa. Algo se rasgaba, algo chirriaba; solo de vez en cuando una palabra aislada aquí o allá encendía su antorcha ante mis ojos. La autora empezaba a «soltarse», como dicen en las obras de teatro antiguas. Parece como si tratara de prender una cerilla que no se encenderá, pensé. Pero ¿por qué, la interpelé, como si estuviera presente, la estructura de las frases de Jane Austen no te conviene? ¿Hay que desecharlas todas por el hecho de que Emma y el señor Woodhouse estén muertos? Lástima que así sea, suspiré. Porque mientras Jane Austen se desliza de melodía en melodía como Mozart de canción en canción, la lectura de aquellas frases era como navegar en alta mar en un barco de remos a merced del oleaje. Este laconismo, esta falta de fuelle quizá significan que tiene miedo de algo; de verse tildada de «sentimental», tal vez; o quizá la autora tiene en mente que el estilo femenino se ha calificado de florido, y quiere precaverse de espinas innecesarias. Pero hasta que no haya leído una escena con atención no podré estar segura de si de verdad es ella misma o intenta ser otra persona. Al menos no merma la vitalidad del lector, pensé, poniendo más atención en la lectura. Aunque amontona demasiados datos. No podrá utilizar ni la mitad en un libro de este tamaño. (Era más o menos la mitad de largo que *Jane Eyre*.) De todos modos, consigue embarcarnos a todos —Roger, Chloe, Olivia, Tony y el señor Bigham— en una canoa para remontar el río. Un momento, me dije, reclinándome en el asiento, tengo que analizarlo todo con más cuidado antes de seguir adelante.

Estoy casi segura, pensé, de que Mary Carmichael está haciendo trampas. Porque me siento como si estuviera en una montaña rusa, y el coche, en lugar de caer, como se espera, da una sacudida y sube. Mary está alterando la secuencia esperada. Primero ha roto la frase y ahora ha roto la secuencia. Muy bien, está en su pleno derecho de hacerlo, siempre y cuando lo haga con fines creativos, no por el mero gusto de romper. No sabré por qué lo hace hasta que haya visto cómo se enfrenta a una situación. Le daré plena libertad para elegir la situación que mejor le parezca; que la fabrique si quiere con latas y teteras viejas. Pero tendrá que convencerme de que ella cree que es una situación, y una vez la haya creado tendrá que afrontarla. Tendrá que dar el salto. Y resuelta a cumplir con mi deber como lectora si ella cumplía con su deber como escritora, pasé la página y leí... Lamento esta brusca interrupción. ¿No hay ningún hombre en la sala? ¿Me prometéis que detrás de esa cortina roja no está escondido sir Chartres Biron? ¿Me garantizáis que somos todas mujeres? En ese caso puedo contaros cuáles fueron las siguientes palabras que leí: «A Chloe le gustaba Olivia...». No os sobresaltéis. No os ruboricéis. Reconozcamos, en la intimidad de esta reunión, que estas cosas ocurren a veces. Que a las mujeres a veces les gustan otras mujeres.

«A Chloe le gustaba Olivia», leí. Y entonces caí en la cuenta de que aquello representaba un cambio colosal. A Chloe le gustaba Olivia, quizá por primera vez en la historia de la literatura. A Cleopatra no le gustaba Octavia. ¡Y qué distinto habría sido *Antonio y Cleopatra* en tal caso! Siendo así, pensé, alejándome un poco de *La aventura de la vida,* todo se simplifica, se vuelve convencional, casi diría que absurdo. El único sentimiento que Cleopatra alberga hacia Octavia son los celos. ¿Es más alta que yo? ¿Cómo se peina? Puede que la obra no necesitara llegar más lejos, pero habría sido muy interesante que la relación entre estas dos mujeres se complicara un poco. Las relaciones entre las mujeres, me dije, evocando rápidamente la espléndida galería de personajes literarios femeninos, son demasiado simples. Es demasiado lo que se deja fuera, lo que no se dice. Y traté de recordar algún caso en el que se presentara a dos mujeres como amigas. Se intenta en *Diana of the Crossways.* Y hay confidentes, por descontado, en Racine y en las tragedias griegas. De vez en cuando son madres e hijas. Pero todos los libros, casi sin excepción, presentan a la mujer desde el punto de vista de su relación con los hombres. Era extraño pensar que los grandes personajes literarios femeninos, hasta los tiempos de Jane Austen, no solo se mostraban a través de los ojos de los hombres sino en relación con ellos. Y eso constituye una parte muy pequeña de la vida de la mujer; y qué poco sabe un hombre incluso de esa pequeña parte, puesto que la observa a través de los cristales negros o rosados de la condición sexual. De ahí, tal vez, esa naturaleza tan peculiar de las mujeres en la literatura; los sorprendentes extremos de

92

belleza o fealdad; la alternancia entre una bondad celestial o una depravación diabólica. Pues así es como la veía el amante, según su amor crecía o menguaba, según si era próspero o infeliz. Esto no sucede en las novelas del siglo XIX. En ellas, la mujer cobra nuevos matices, se vuelve más compleja. De hecho, puede que haya sido el deseo de escribir sobre las mujeres lo que paulatinamente llevó a los hombres a abandonar el drama poético en el que, por su violencia, poca cabida tenían las mujeres, y a concebir la novela como un vehículo más idóneo. Aun así sigue saltando a la vista, incluso en las novelas de Proust, lo poco que conocen los hombres a las mujeres, lo difícil que les resulta conocerlas, y lo mismo les sucede a las mujeres con los hombres.

Además, proseguí, volviendo a fijarme en la página, empieza a ponerse de manifiesto que las mujeres, como los hombres, tienen otros intereses más allá de la eterna dedicación que exige la vida doméstica. «A Chloe le gustaba Olivia. Compartían un laboratorio...» Seguí leyendo, y descubrí que estas dos jóvenes se dedicaban a triturar hígado, que por lo visto es un remedio para la anemia. Sin embargo, una de ellas estaba casada y tenía —creo que hago bien en señalarlo— dos hijos de corta edad. Pero estas cosas, como es natural, no se podían decir en el pasado, por eso el espléndido retrato de los personajes literarios femeninos es demasiado simple y demasiado monótono. Supongamos, por ejemplo, que a los hombres solo se les representara en la literatura como amantes de las mujeres, que nunca fueran amigos de otros hombres, soldados, pensadores, soñadores: ¡qué papel tan insignificante tendrían en las obras de Shakespeare y cuánto se resentiría la literatura! Quizá pudiéramos conservar la mayor parte de Otelo, y bastante de Antonio, pero nada de César o Bruto o Hamlet o Lear o Yago. La literatura se vería empobrecida hasta extremos increíbles, como de hecho se ha visto empobrecida, mucho más de lo que imaginamos, por cerrar sus puertas a las mujeres. Casadas en contra de su voluntad, encerradas en una sala y condenadas a una única ocupación, ¿cómo podía un dramaturgo ofrecer un relato pleno o interesante o veraz de las mujeres? El amor era el único intérprete posible. El poeta se veía forzado a la pasión o a la amargura, a menos que optara por «odiar a las mujeres», lo que a menudo significaba que carecía de atractivo para ellas.

Ahora bien, si a Chloe le gusta Olivia y las dos comparten un laboratorio, eso bastaría por sí solo para que su amistad resulte más variada y duradera, puesto que será menos personal; y si Mary Carmichael sabe escribir (a esas alturas ya empezaba a apreciar ciertas cualidades de su estilo); y si dispone de una habitación propia (de lo cual no estoy segura); y si cuenta con quinientas libras al año (aunque eso aún está por demostrar), entonces creo que estamos ante un acontecimiento de suma importancia.

Porque si a Chloe le gusta Olivia, y si Mary Carmichael sabe expresarlo, encenderá una antorcha con la que iluminar una cámara inmensa en la que nadie se ha adentrado hasta la fecha. Todo es media luz y sombras profundas, como esas cavernas sinuosas en las que nos internamos con una vela sin saber dónde pisamos. Retomé la lectura y vi cómo Chloe miraba a Olivia mientras esta dejaba un frasco en un estante y decía que iba siendo hora de volver a casa con sus hijos. Esta escena es inédita, desde que el mundo es mundo, exclamé. Y me puse a observar a mi vez, con enorme curiosidad, porque quería ver cómo captaba Carmichael esos gestos inadvertidos, esas palabras silenciadas o pronunciadas a medias, que se forman, no más palpables que las sombras de las polillas en el techo, cuando las mujeres están a solas, cuando no las ilumina la caprichosa luz del sexo masculino. Tendrá que contener la respiración para lograrlo, pensé. Porque las mujeres recelan tanto de cualquier interés que no esté respaldado por motivos muy visibles, están tan acostumbradas a ocultarse y a reprimirse, que se apagan en el instante en que un ojo parpadea y las observa. Solo lo lograrás, pensé, dirigiéndome a Mary Carmichael como si estuviera allí, si hablas de otra cosa, si miras fijamente por la ventana y señalas, no con un lápiz en un cuaderno sino con la más breve de las taquigrafías, con palabras apenas silabeadas, lo que sucede cuando Oliva —este organismo que lleva millones de años a la sombra de la roca— siente que la luz la ilumina y ve que una extraña pieza de alimento —conocimiento, aventura, arte— se aproxima. Y trata de alcanzarla, pensé, levantando la vista de la página, y tiene que idear una combinación enteramente inédita de sus recursos, tan altamente desarrollados para otros fines, a fin de que lo viejo pueda asimilar lo nuevo sin alterar el infinitamente intrincado y elaborado equilibrio del conjunto.

Había hecho, por desgracia, justo lo que no quería hacer; había caído inconscientemente en el elogio de mi propio sexo. «Tan desarrollados», «infinitamente intrincado», son sin duda expresiones de alabanza, y la alabanza del propio sexo siempre es sospechosa, cuando no absurda; además, ¿cómo justificarlo en este caso? No podía abrir el mapa y decir que Colón descubrió América, y que Colón era una mujer; o coger una manzana y observar que Newton descubrió la ley de gravitación universal, y que Newton era una mujer; o mirar el cielo y decir que los aviones que pasan volando fueron invención de las mujeres. No hay ninguna marca en la pared que permita medir la estatura exacta de las mujeres. No hay metros, minuciosamente divididos en milímetros, para medir las cualidades de una buena madre, la devoción de una hija, la fidelidad de una hermana o la capacidad de un ama de llaves. Son muy pocas todavía las mujeres que cuentan con un título universitario; apenas han pasado la gran prueba de profesiones como el ejército, la marina, los negocios, la política y la diplomacia. En su mayoría siguen sin clasificar. Pero si quiero averiguar todo lo que un ser humano pueda decirme de sir Hawley Butts, por ejemplo, me basta con abrir un libro de Burke o de Debrett para saber que cursó tales o cuales estudios, que posee una casa solariega, que tiene un heredero, que fue secretario de una comisión, que representó a Gran Bretaña en Canadá, y que recibió cierto número de títulos, cargos, medallas y otras distinciones que le imprimen de forma indeleble la marca de sus méritos. Solo la Providencia cuenta con más conocimientos acerca del señor Hawley Butts.

Por tanto, cuando digo «tan desarrollados» o «infinitamente intrincado» para referirme a las mujeres, no puedo verificar mis palabras con ayuda de Whitaker, de Debrett o del almanaque de la universidad. ¿Qué hacer en semejante aprieto? Y volví a mirar la estantería. Allí estaban las biografías: las de Johnson, Goethe, Carlyle, Sterne, Cowper, Shelley, Voltaire, Browning y muchos otros. Y empecé a pensar en esos grandes hombres que por una u otra razón admiraron a, buscaron a, convivieron con, depositaron su confianza en, hicieron el amor a, escribieron sobre y demostraron lo que solo cabe describir como cierta necesidad y dependencia de determinadas personas del sexo opuesto. Yo no me atrevería a afirmar que todas estas relaciones eran puramente platónicas, y es muy probable que sir William Joynson Hicks lo negara de plano. Pero cometeríamos un grave error con estos hombres ilustres si insistiéramos en que estas alianzas solo les procuraron comodidad, adulación y placeres carnales. En ellas encontraron, como es obvio, algo que su propio sexo era incapaz de proporcionarles; y tal vez no fuera precipitado definirlas, sin necesidad de recurrir a las dudosas y arrebatadas palabras de los poetas, como un estímulo, una renovación de la fuerza creadora que solo está en poder del sexo opuesto el ofrecer. Cualquiera de estos caballeros abriría la puerta del salón o del cuarto de los niños, pensé, y encontraría a su mujer rodeada de sus hijos, o con un bordado en el regazo, siempre como centro de un orden y un sistema de vida diferentes; y el contraste entre este mundo y el suyo propio, que quizá fueran los tribunales de justicia o la Cámara de los Comunes, le infundiría al punto una sensación renovadora y vigorizante; y la natural diferencia de opinión, hasta en la más sencilla de las conversaciones, permitiría que en él germinaran de nuevo las ideas marchitas; y el hecho de verla a ella creando en un medio tan distinto del suyo aceleraría sus facultades creadoras de tal modo que su mente estéril volvía sin darse cuenta a idear tramas y encontraba la frase o la escena que se le escaparon cuando se puso el sombrero para volver a casa. Todo Johnson tiene su Thrale y se aferra a ella por razones semejantes a estas, y cuando esa Thrale se casa con un músico italiano, el maestro Johnson casi enloquece de ira y de contrariedad, no solo porque sabe que perderá esas gratas veladas en Streatham, sino porque será como si la luz de su vida «se hubiese apagado».

Y sin ser el doctor Johnson o Goethe o Carlyle o Voltaire, cabe sentir, aunque de una manera muy distinta a como lo sentirían esos grandes hombres, la naturaleza de esta compleja facultad creadora tan desarrollada entre las mujeres. Una mujer entra en una habitación... Pero habría que tensar al máximo los recursos de la lengua inglesa, y bandadas enteras de palabras tendrían que batir sus alas ilícitamente para abrirse camino hasta existir antes de que una mujer pudiera decir lo que sucede cuando entra en una habitación. Las habitaciones son muy distintas unas de otras; pueden ser tranquilas o estruendosas; estar abiertas al mar o, por el contrario, al patio de una cárcel; tener la colada tendida o animarse con ópalos y sedas; ser duras como la crin de un caballo o suaves como plumas. Basta con entrar en cualquier habitación de cualquier calle para que esa fuerza femenina de extremada complejidad salte a la vista de inmediato. ¿Cómo podría ser de otra manera? Y es que las mujeres llevan tantos millones de años encerradas en sus habitaciones que incluso las paredes se han impregnado de su fuerza creadora, una fuerza que ha sobrecargado la capacidad de los ladrillos y de la argamasa al grado de necesitar del arnés de la pluma, del pincel, de los negocios y de la política. Pero esta fuerza creadora difiere enormemente de la fuerza creadora masculina. Y concluimos sin remedio que sería una lástima tremenda que una facultad así se viera impedida o se desperdiciara, pues se ha cosechado durante siglos de sometimiento a una severa disciplina y no hay nada que pueda sustituirla. Sería una lástima tremenda que las mujeres escribieran como los hombres o vivieran como ellos, o se parecieran a ellos, pues si dos sexos no bastan para abarcar la inmensidad y la variedad del mundo, ¿cómo podríamos arreglárnoslas con uno solo? ¿No debería la educación sacar a la luz y fortalecer las diferencias en lugar de las semejanzas? Porque las semejanzas ya son demasiadas, y si un explorador nos trajera noticias de otros sexos espiados a través de las ramas de otros árboles en otros cielos, nada prestaría mayor servicio a la humanidad, y de paso tendríamos el inmenso placer de ver al profesor X correr en busca de sus varas de medir para demostrar su «superioridad».

Y, examinando la página con indecisión y un punto de distancia, pensé que bastante tenía Mary Carmichael con observar. Me temo que pueda dejarse llevar por la tentación de convertirse en lo que, a mi juicio, es la rama menos interesante de la especie: el novelista naturalista, en lugar del contemplativo. Son muchos los datos que se ofrecen a su observación. No tendrá necesidad de limitarse a las casas respetables de clase media alta. Sin amabilidad ni condescendencia, aunque con un espíritu de camaradería, se adentrará en las salas perfumadas donde se sientan la cortesana, la ramera y la señora del perrito faldero. Todavía visten las mismas ropas vulgares, de confección industrial, con que el escritor varón por fuerza tuvo que ataviarlas. Pero Mary Carmichael sacará sus tijeras para ajustarlas a cada cavidad y cada ángulo. Será curioso, llegado el momento, ver a estas mujeres tal como son, aunque tendremos que esperar todavía algún tiempo para eso, porque Mary Carmichael sigue lastrada por ese apocamiento en presencia del «pecado» que constituye la herencia de nuestra barbarie sexual. Y seguirá llevando en los pies los mezquinos grilletes de su clase social.

Sin embargo, la mayoría de las mujeres no son ni rameras ni cortesanas; no se pasan las tardes de verano sentadas en una habitación, con sus perritos falderos en el regazo de terciopelo polvoriento. ¿Qué hacen, entonces? Y me vino a la memoria una de esas calles largas, al sur del río, con sus interminables hileras de viviendas superpobladas. Imaginé a una mujer, muy anciana, cruzando la calle del brazo de otra mujer de mediana edad, su hija tal vez, las dos respetablemente calzadas y cubiertas de pieles, como si el vestirse por la tarde fuera un acto ritual, y la propia ropa guardada en los armarios con alcanfor, año tras año, durante los meses de verano. Cruzan la calle cuando se encienden las farolas (porque el atardecer es su hora favorita), como seguramente llevan años haciendo. La anciana se acerca a los ochenta, pero si alguien le preguntara qué ha significado su vida para ella, se acordaría de las calles iluminadas para la batalla de Balaclava o de las salvas de cañones en Hyde Park con que se saludó el nacimiento del rey Eduardo VII. Pero si, con el afán de determinar el momento exacto, con su fecha y su estación, se le preguntara qué estaba haciendo el 5 de abril de 1868 o el 2 de noviembre de 1875, se mostraría desconcertada y diría que no lo recuerda. Porque ya se han preparado todas las cenas, se han lavado los platos y los vasos, los hijos han terminado sus estudios y se han abierto camino por el mundo. No queda nada de todo eso. Todo se ha esfumado. Ninguna historia, ninguna biografía le dedica una sola palabra. Y las novelas, sin querer, mienten.

Todas esas vidas infinitamente anodinas están aún por registrar, pensé, dirigiéndome a Mary Carmichael como si estuviera conmigo; y mentalmente seguí recorriendo las calles de Londres, percibiendo la presión del mutismo, la acumulación de vidas anónimas, ya fueran las de esas mujeres apostadas en las esquinas, con los brazos en jarras y los dedos hinchados y repletos de anillos, que al hablar gesticulan con un balanceo semejante a las palabras de Shakespeare; o las de las violeteras, las cerilleras y las brujas cobijadas en los portales; o las de las muchachas que pasean sin rumbo, reflejando en sus rostros, como olas de sol y nubes, la proximidad de hombres y mujeres y las luces parpadeantes de los escaparates. Tendrás que explorar todo eso, le dije a

Mary Carmichael, sosteniendo tu antorcha con firmeza. Tendrás que iluminar sobre todo tu propia alma, sus profundidades y su superficie, sus vanidades y su generosidad, y decir qué significa para ti tu belleza o tu fealdad, y cuál es tu relación con ese mundo, eternamente cambiante, de guantes y zapatos, de perifollos en auge o en declive mezclados con el tenue perfume que se escapa de los frascos de los boticarios y se derrama sobre los pliegues de las telas sobre un suelo que imita el mármol. Pues mi imaginación me había llevado hasta una tienda de suelo ajedrezado; los lazos de colores que colgaban en las paredes producían un efecto de asombrosa belleza. Es posible que Mary Carmichael también haya entrado en esa tienda, me dije, porque es un espectáculo que se presta a la descripción lo mismo que una cumbre nevada o una garganta rocosa de los Andes. Y hay una joven detrás del mostrador; preferiría leer su historia verdadera antes que la centésima quincuagésima vida de Napoleón o el septuagésimo estudio de Keats y su uso de la inversión miltoniana que en este momento están redactando el viejo profesor Z y sus homólogos. Y procedí entonces, con suma cautela, de puntillas (tan cobarde soy, tanto miedo me inspira ese látigo que antaño casi llegó a azotar mis propios hombros), a murmurar que también ella debería aprender a reírse, sin amargura, de las vanidades —digamos mejor de las peculiaridades, pues es un término menos ofensivo— del sexo opuesto. Y es que todos tenemos en la nuca un punto del tamaño de un chelín que no podemos ver. Es uno de los favores que un sexo podría hacerle al otro: describir ese punto del tamaño de un chelín que tenemos en la nuca. Pensemos en lo mucho que se han beneficiado las mujeres de los comentarios de Juvenal o de las críticas de Strindberg. ¡Con cuánta compasión y brillantez han señalado los hombres a las mujeres ese punto oscuro que se encuentra en la nuca! Y si Mary fuera muy valiente y muy honesta, se colocaría detrás de los hombres para decirnos lo que ve allí. Jamás podrá pintarse un retrato completo de un hombre hasta que una mujer haya descrito ese punto del tamaño de un chelín. El señor Woodhouse y el señor Casaubon son puntos de ese tamaño y esa naturaleza. Naturalmente, nadie en su sano juicio le aconsejaría a Mary que se dedicara a despreciar y a ridiculizar a los hombres adrede, porque la literatura ya ha demostrado la futilidad de cuanto se escribe con ese ánimo. Sé sincera, le diríamos, y el resultado tendrá con seguridad un interés extraordinario. La comedia se verá con seguridad enriquecida. Con seguridad saldrán a la luz datos desconocidos.

Sin embargo, iba siendo hora de volver a posar los ojos en la página. Más me valdría, en vez de especular sobre lo que Mary Carmichael podría y debería escribir, ceñirme a lo que en realidad había escrito. Reanudé por tanto la lectura. Recordé que me había suscitado ciertas quejas. Mary Carmichael rompía la frase de Jane Austen, negándome así la ocasión de vanagloriarme de mi gusto impecable y mi oído quisquilloso. Porque era inútil decir: «Sí, sí, esto está muy bien, pero Jane Austen escribía mucho mejor que tú», cuando no tenía más remedio que reconocer que no había ningún punto de semejanza entre ambas. Mary Carmichael iba incluso más lejos, rompía la secuencia, el orden esperado. Quizá lo hiciera inconscientemente, quizá se limitara a reflejar el orden natural de las cosas, como haría una mujer que escribiera como una mujer. Pero el efecto era un tanto desconcertante. No se veía crecer la ola, ni aparecer la crisis a la vuelta de la esquina. Por eso no podía vanagloriarme de la hondura de mis sentimientos ni de la profundidad de mis conocimientos del corazón humano. Cada vez que estaba a punto de experimentar las emociones habituales en los momentos habituales, acerca del amor o de la muerte, la dichosa escritora tiraba de mí, como si lo importante se encontrara un poco más lejos. Y de ese modo no me permitía desplegar mis frases rimbombantes sobre los «sentimientos esenciales», la «materia común a toda la humanidad», las «honduras del alma humana» y todas esas expresiones que soportan nuestra creencia de que, por muy listos que seamos en la superficie, por debajo somos muy serios, muy profundos y muy humanos. Me hacía sentir, por el contrario, que en lugar de ser serios y profundos y humanos, quizá tan solo fuésemos —y la idea resultaba mucho menos seductora— mentalmente perezosos y para colmo convencionales.

Seguí leyendo de todos modos y me fijé en otros detalles. Mary Carmichael no era un «genio»; eso saltaba a la vista. Carecía del amor a la naturaleza, la imaginación candente, la poesía salvaje, el ingenio brillante y la sabiduría meditativa de sus predecesoras, Lady Winchilsea, Charlotte Brontë, Emily Brontë, Jane Austen y George Eliot; no tenía la melodía y la dignidad de Dorothy Osborne; en realidad no era más que una chica lista, cuyos libros, sin duda alguna, quedarían convertidos en pasta de papel pasados diez años. De todos modos, contaba con ciertas ventajas que mujeres de mucho más talento no habían tenido hace siquiera medio siglo. Los hombres ya no eran para ella «la facción enemiga»; no necesitaba perder el tiempo en recriminaciones contra ellos; no necesitaba subirse al tejado y aniquilar su paz de espíritu anhelando viajes, experiencias, conocimiento del mundo y de las personas que no estaban a su alcance. El miedo y el odio casi habían desaparecido por completo, como mucho se insinuaban en una ligera exageración de la dicha de la libertad, una tendencia a la sátira y la causticidad, más que al romanticismo, en su tratamiento del sexo masculino. No podía dudarse de que contaba con ciertas cualidades naturales muy destacables. Tenía una sensibilidad amplia, ávida y libre, que respondía a un estímulo casi imperceptible. Festejaba, como una planta recién nacida, cada imagen y cada sonido que se acercaba a ella. Y abarcaba además, de una manera muy curiosa y sutil, un abanico de cuestiones casi desconocidas o no documentadas hasta hoy; iluminaba las cosas pequeñas y demostraba que quizá no fueran tan pequeñas. Sacaba a la luz cosas enterradas y obligaba al lector a preguntarse qué necesidad había de enterrarlas. Aunque era torpe y no estaba imbuida inconscientemente de esa larga tradición que convierte el más leve trazo de la pluma de un Thackeray o un Lamb en un sonido delicioso, había asimilado —empecé a pensar— la primera lección importante; escribía como una mujer, pero como una mujer que ha olvidado que es una mujer, de manera que sus páginas rebosaban esa singular cualidad sexual que solo emerge cuando el sexo no es consciente de sí mismo.

Todo esto estaba muy bien, pero de nada le servirían la abundancia de sus sensaciones o la agudeza de su percepción si no lograba levantar con lo fugaz y lo personal ese edificio indestructible y duradero. Me había prometido seguir leyendo hasta ver cómo se enfrentaba a «una situación». Hasta que con sus llamamientos, sus señas y su manera de ordenar las cosas me demostrara que no se limitaba a rozar las superficies, sino que había explorado también las profundidades. Ha llegado la hora, se diría en cierto momento, de mostrar el significado de todo esto sin violencia. Y empezaría entonces —¡qué inconfundible es ese impulso!— a llamar y hacer señas, y despertarían en la memoria cosas medio olvidadas y acaso triviales, aparecidas en otros capítulos y dejadas de lado. Las volvería palpables mientras alguien cosía o fumaba una pipa, de la manera más natural posible, haciéndonos sentir, conforme seguía escribiendo, que habíamos alcanzado la cima del mundo para contemplarlo majestuosamente tendido a nuestros pies.

Al menos lo intentaba. Y mientras la observaba prepararse para la prueba, vi, con la esperanza de que ella no los viera, a los obispos y los deanes, a los médicos y los profesores, a los patriarcas y los pedagogos gritándole advertencias y consejos. ¡No hagas eso, no hagas lo otro! ¡El césped es solo para los profesores y los becarios!

¡Las mujeres no pueden entrar sin una carta de presentación! ¡Las gráciles féminas aspirantes a novelistas por aquí! Con estas exhortaciones la obligaban a quedarse al otro lado de la valla, como la multitud en las carreras de caballos, y su prueba consistía en saltar el obstáculo sin mirar a derecha o izquierda. Si te detienes para maldecir estás perdida, le dije; y si te detienes para reírte también. Si vacilas o titubeas habrás fracasado. Piensa solo en el salto, le imploré, como si hubiera apostado en ella todo mi dinero. Y superó el obstáculo como un pájaro. Pero había otra valla a continuación, y otra más adelante. No estaba yo segura de que tuviera el aguante necesario, porque los gritos y los aplausos ponían los nervios de punta. Sin embargo, puso en ello todo su empeño. Teniendo en cuenta que Mary Carmichael no era un genio, sino una joven desconocida que escribía su primera novela en su dormitorio, sin todas esas cosas deseables —tiempo, dinero y ocio— en cantidad suficiente, no salía mal parada, me dije.

Démosle otros cien años, concluí, mientras leía el último capítulo —narices y hombros desnudos se mostraban sobre un cielo estrellado, pues alguien había abierto las cortinas del salón—, démosle una habitación propia y quinientas libras al año; permitámosla expresarse con libertad y dejar fuera la mitad de lo que ahora incluye, y algún día escribirá un libro mejor. Dentro de cien años, dije, depositando *La aventura de la vida* de Mary Carmichael en un extremo del estante, será una poetisa.

CAPÍTULO 6

Al día siguiente, la luz de la mañana de octubre se filtraba en haces polvorientos a través de las ventanas sin cortinas, y de la calle llegaba el murmullo del tráfico. Londres se daba cuerda un día más; la fábrica bullía; las máquinas se ponían en marcha. Era tentador, después de tanta lectura, asomarse a la ventana y ver qué estaba haciendo Londres la mañana del 26 de octubre de 1928.

¿Qué estaba haciendo Londres? Por lo visto nadie leía *Antonio y Cleopatra*. Londres parecía del todo indiferente a las obras de Shakespeare. A nadie le importaba un rábano —y con razón— el futuro de la literatura, la muerte de la poesía o que la mujer corriente llegara a desarrollar un estilo de prosa capaz de expresar plenamente su forma de pensar. Si alguien hubiera escrito en la acera con tiza sus opiniones acerca de alguna de estas cuestiones, nadie se habría inclinado para leerlas. Esos pies despreocupados y presurosos las habrían borrado en cuestión de media hora. Vi pasar a un recadero; a una mujer con un perro. Lo fascinante de una calle londinense es que nunca se ven dos personas iguales: todos parecen absortos en algún asunto personal. Había personas con aire profesional, provistas de pequeñas carteras; había paseantes sin rumbo que deslizaban sus bastones percutiendo sobre las verjas; había gentes afables a quienes las calles sirven de club, hombres que saludaban desde sus carros y daban información sin que se la pidieran. Había cortejos fúnebres y hombres que, al verlos pasar, recordaban bruscamente que también sus cuerpos morirían y se descubrían la cabeza. Un caballero muy distinguido bajó despacio unas escaleras y se detuvo para no chocar con una señora muy afanosa que, por un medio u otro, había adquirido un espléndido abrigo de pieles y un ramo de violetas de Parma. Todos parecían aislados, enfrascados en sus asuntos.

A esa hora de la mañana, como suele ocurrir en Londres, el tráfico se diluía en una tregua temporal. Ningún vehículo bajaba por la calle; nadie pasaba. Una hoja se desprendió del plátano que crecía al final de la acera y, en esa pausa, cayó al suelo. En cierto modo era una señal, una señal que revelaba una fuerza en las cosas inadvertida hasta el momento. Parecía señalar hacia un río que fluyera, invisible, calle abajo, a la vuelta de la esquina, y arrastrara a la gente en un remolino, igual que el arroyo de Oxbridge había arrastrado las hojas muertas y al estudiante que pasó en su barca de remos. En ese momento, el río traía de un lado a otro de la calle, en diagonal, a una muchacha con botas de cuero y a un joven con un abrigo granate; y también arrastraba un taxi. Los empujó a los tres hasta un punto situado justo debajo de mi ventana, donde el taxi se detuvo, la muchacha y el joven se encontraron y subieron al taxi, que se alejó deslizándose, como arrastrado por la corriente hacia otro lugar.

La escena era de lo más común; lo extraño era el orden rítmico que le confería mi imaginación, y el hecho de que una imagen tan cotidiana como la de dos personas subiendo a un taxi tuviera la capacidad de transmitir algo de su aparente satisfacción. La visión de dos personas que se acercan por la calle y se encuentran en una esquina parece liberarme de cierta tensión mental, pensé, mientras el taxi giraba y se perdía de vista. Quizá el hecho de pensar, como llevaba yo haciendo dos días, en la diferencia entre uno y otro sexo entrañaba un esfuerzo notable. Quizá interfería con la unidad de la mente. El esfuerzo había cesado y la unidad se había restablecido al ver a dos personas reunirse y subir a un taxi. El cerebro es un órgano muy misterioso, reflexioné, apartando la cabeza de la ventana, del que nada se sabe, aun cuando dependemos de él por completo. ¿Por qué tengo la sensación de que en la mente hay rupturas y oposiciones, tal como el cuerpo está sometido a presiones de causas evidentes? ¿Qué significa «la unidad de la mente»?, me pregunté; pues está claro que la mente tiene tal capacidad para concentrarse en cualquier punto en cualquier momento que no puede estar constituida por un estado único. Puede separarse, por ejemplo, de la gente que pasa por la calle y pensar en sí misma separada de la gente y observando desde una ventana. O puede sumarse espontáneamente al pensamiento de los demás, como, por ejemplo, cuando una multitud se congrega para recibir una noticia. Puede pensar a través de sus padres o de sus madres, tal como ya he señalado que una mujer, cuando escribe, piensa a través de sus madres. También, si es una mujer, a menudo puede sorprenderse por una súbita división de la conciencia, digamos que paseando por Whitehall, cuando deja de ser la heredera natural de esa civilización para convertirse, por el contrario, en un ser excluido, extraño y crítico. No cabe duda de que la mente cambia constantemente su foco de atención y observa el mundo desde distintas perspectivas. Pero algunos de esos estados mentales, aunque se adopten espontáneamente, resultan menos agradables que otros. Para poder seguirlos hay que reprimir algo inconscientemente, y la represión poco a poco se convierte en un esfuerzo. De todos modos, podría existir algún estado mental que nos permitiera proseguir sin fatiga, porque no es necesario reprimir nada. Y es posible, pensé, alejándome de la ventana, que este sea uno de ellos. Pues lo cierto es que al ver a la pareja subir al taxi tuve la sensación de que mi mente, tras haber estado dividida, volvía a unificarse en una fusión natural. La razón más evidente sería que lo natural es que los sexos cooperen entre sí. Albergamos un instinto, profundo aunque irracional, en favor de la teoría de que la unión del hombre y la mujer posibilita la máxima satisfacción, la felicidad más plena. Sin embargo, la imagen de la pareja subiendo al taxi y la satisfacción que me proporcionó también me llevó a preguntarme si hay dos sexos mentales correspondientes a los dos sexos físicos, y si también ellos necesitan estar unidos para obtener una satisfacción y una felicidad plenas. Y procedí a esbozar, sin ningún rigor, un plano del alma, según el cual cada uno de nosotros está gobernado por dos fuerzas, una masculina y otra femenina; y en el cerebro masculino predomina el hombre sobre la mujer, mientras que en el femenino predomina la mujer sobre el hombre. El estado normal y agradable se produce cuando ambas fuerzas conviven en armonía y cooperan espiritualmente. Aunque uno sea un hombre, la parte femenina de su cerebro debe seguir funcionando; lo mismo que una mujer debe relacionarse con su parte masculina. Es posible que Coleridge se refiriera a esto cuando afirmó que las grandes mentes son andróginas. Solo cuando se produce esta fusión la mente se fertiliza plenamente y hace uso de todas sus facultades. Puede que una mente puramente masculina sea tan poco capaz de crear como una mente puramente femenina, pensé. Pero estaría bien poner a prueba el significado de la femineidad del hombre y la masculinidad de la mujer consultando un par de libros.

Al decir que las grandes mentes son andróginas, Coleridge no se refería, por supuesto, a una mente que alberga una simpatía especial por las mujeres; a una mente que hace suya la causa de las mujeres o se entrega a su interpretación. Quizá la mente andrógina esté menos dotada que la mente unisexual para establecer este tipo de distinciones. Quizá se refiriera a que la mente andrógina es resonante y porosa; a que transmite emociones sin traba; a que es por naturaleza creativa, incandescente e indivisa. Lo cierto es que volvemos a pensar en la mente de Shakespeare como prototipo de mente andrógina, de masculinidad femenina, aunque sería imposible saber qué pensaba Shakespeare de las mujeres. Y aun si fuera cierto que una de las características de la mente plenamente desarrollada es que no piensa en el sexo por separado o de una manera especial, hoy es mucho más difícil que nunca alcanzar ese estado mental. Consulté los libros de autores vivos y me detuve para preguntarme si esta circunstancia no sería la raíz del desconcierto que me embargaba desde hacía mucho tiempo. Ninguna época pasada ha sido tan llamativamente consciente del sexo como la nuestra; prueba de ello es la enorme cantidad de libros sobre mujeres, escritos por hombres, que se conservan en el Museo Británico. La culpa la tenía, sin duda alguna, la campaña en favor del sufragio femenino. Debió de despertar en los hombres un deseo de afirmación irrefrenable; debió de empujarlos a subrayar su condición sexual y sus características masculinas, cuando, de no haberse sentido amenazados, no se habrían molestado en reflexionar sobre estas cuestiones. Pero cuando alguien se siente amenazado, aunque sea por un puñado de mujeres con gorritos negros, ese alguien se venga de una manera un tanto excesiva, si nunca se ha sentido amenazado anteriormente. Eso explicaría tal vez algunas de las características que recuerdo haber encontrado aquí, me dije, cogiendo una nueva novela del señor A, que está en la flor de la vida y goza al parecer de una excelente opinión por parte de la crítica. Abrí el volumen. La verdad es que me resultó delicioso volver a leer la prosa de un hombre. Era directa y franca, a diferencia de la prosa femenina. ¡Traslucía tanta libertad mental, tanta libertad personal, tanta confianza en sí mismo! Experimenté una sensación de bienestar físico en presencia de esa mente libre, bien nutrida, bien educada, de esa mente que nunca se había sentido acobardada o censurada, sino que había disfrutado de plena libertad para desarrollarse a su antojo desde el día en que nació. Todo eso era admirable. No obstante, tras leer un par de capítulos una sombra pareció tenderse sobre la página. Era una barra oscura y recta, una sombra de forma semejante a la letra «I».[12] Empecé a mirar aquí y allá con la intención de vislumbrar el paisaje que se ocultaba tras ella. No estaba segura de si era un árbol o una mujer andando. Ya estábamos otra vez aclamando la letra «I». Empezaba a estar harta de tanta «I». Cierto que esta «I» era una «I» de lo más respetable; honrada y lógica; dura como una nuez y pulida por siglos de buena educación y buena alimentación. Esta «I» me merece una admiración y un respeto muy profundos. Lo malo —pasé entonces un par de páginas en busca de algo— es que a la sombra de la «I» todo se torna borroso como en la niebla. ¿Es eso un árbol? No, es una mujer. Pero... no tiene un solo hueso, pensé, viendo cómo Phoebe, pues así se llamaba ella, cruzaba la playa. Alan se levantó en ese momento y su sombra borró a Phoebe de un plumazo. Porque Alan tenía opiniones y Phoebe se ahogaba en aquel torrente de opiniones. Además, pensé, Alan tiene pasiones. Pasé varias páginas muy deprisa, con la sensación de que la crisis era inminente, y no me equivocaba. Tenía lugar en la playa, bajo el sol. Con mucho descaro. Con mucho vigor. No hubiera podido ser más indecente. Pero... había dicho «pero» demasiadas veces. No podía seguir diciendo «pero». Tenía que terminar la frase como fuera, me reproché. La terminaré diciendo: «¡Pero me aburro!». Pero ¿por qué me aburría? En parte por la preponderancia de la letra «I» y por la aridez que, como el abedul gigante, produce en el espacio que cubre con su sombra: nada puede crecer a su alrededor. Y en parte por alguna razón más oscura. Creí detectar cierto obstáculo, cierto impedimento mental en el señor A que obstruía la fuente de la energía creativa y la encerraba en un cauce muy estrecho. Y al acordarme de esa comida en Oxbridge, de la ceniza del cigarrillo y del gato sin rabo, de Tennyson y de Christina Rossetti, de todo al mismo tiempo, juzgué posible que ese fuera el obstáculo. Si Alan ya no

---

12 «Yo», en inglés. Pronombre personal sujeto de primera persona. *(N. de la T.)*

murmura «Una espléndida lágrima ha caído de la flor de la pasión que crece junto a la verja», cuando ve a Phoebe cruzar la playa; y ella ya no responde «Mi corazón es como un ave canora que ha anidado en un brote perlado de rocío», cuando Alan se le acerca, ¿qué puede hacer Alan? Ser honrado como el día y lógico como el sol es cuanto puede hacer. Y eso es lo que hace, reconozcámoslo, una y otra vez (dije, pasando las páginas), y otra, y otra. Y eso, añadí, consciente de lo terrible que era esta confesión, resulta un tanto aburrido. La indecencia de Shakespeare arranca de raíz miles de cosas en la mente de quien lo lee, y dista mucho de ser aburrida. Pero Shakespeare lo hace por placer. El señor A, como dicen las niñeras, lo hace adrede. Lo hace para protestar. Protesta por la igualdad del otro sexo afirmando su superioridad. Por eso está impedido, inhibido y cohibido, como lo hubiera estado Shakespeare de haber conocido a la señorita Clough y a la señorita Davies. No cabe duda de que la literatura isabelina habría sido muy distinta si el movimiento feminista hubiera comenzado en el siglo XVI y no en el XIX.

Y esto equivale a decir, de ser válida la teoría de los dos lados de la mente, que la virilidad ha cobrado conciencia de su propia identidad, es decir, que los hombres escriben ahora con el lado masculino de su cerebro. Las mujeres hacen mal en leer sus libros, pues inevitablemente buscan en ellos algo que nunca encontrarán. Es el poder de sugestión lo que más se echa en falta, pensé, tomando un libro del crítico B y leyendo con mucha atención sus observaciones sobre el arte poético. Muy hábiles eran, muy agudas y rebosantes de conocimientos; el problema estaba en que sus sentimientos ya no comunicaban nada; su mente parecía dividida en compartimentos estancos; ni un solo sonido podía pasar de uno a otro. Por eso, al analizar una frase del señor B, se desploma de golpe: muerta; mientras que al analizar una frase de Coleridge, la frase estalla y alumbra un sinfín de ideas, y esa es la única manera de escribir de la que puede decirse que encierra el secreto de la vida eterna.

Sea cual fuere la razón, no podemos sino deplorarlo, porque significa —había topado con varias hileras de libros de Galsworthy y Kipling— que algunas de las mejores obras de nuestros más grandes autores vivos caen en oídos sordos. Por más que se empeñen, las mujeres no encuentran en ellos esa fuente de vida eterna que los críticos aseguran que contienen. No se trata únicamente de que esas obras ensalcen las virtudes masculinas, impongan los valores masculinos y describan el mundo de los hombres; se trata, además, de que la emoción que impregna esos libros es incomprensible para las mujeres. Se acerca, se concentra, parece a punto de estallar en la cabeza de quien los lee, empezamos a decir mucho antes del final. Ese cuadro terminará por caerle en la cabeza al pobre Jolyon; se morirá del susto; el anciano clérigo pronunciará un breve obituario junto a su lecho; y todos los cisnes del Támesis romperán a cantar al unísono. Sin embargo, corremos a escondernos antes de que suceda; nos ocultamos entre las grosellas, porque esa emoción que tan honda, tan sutil y tan simbólica es para un hombre, en la mujer no causa más que asombro. Eso sucede con los oficiales del señor Kipling que vuelven la espalda; y con sus Sembradores que siembran la Semilla; y con sus Hombres a solas con su Trabajo; y con la Bandera. Causan rubor tantas mayúsculas, como si nos sorprendieran espiando a hurtadillas en una orgía exclusivamente masculina. Lo cierto es que ni Galsworthy ni Kipling tienen una chispa de mentalidad femenina. De ahí que sus cualidades resulten para una mujer, si se me permite generalizar, toscas e inmaduras. Carecen de poder de sugestión, y cuando un libro carece de poder de sugestión, por más que golpee la superficie de la mente no logra penetrar en su interior.

Y con el desasosiego con que se coge un libro y se vuelve a dejar en el estante sin mirarlo, comencé a imaginar un futuro de virilidad pura y asertiva, como el que parecen augurar las cartas de los profesores (tomemos, por ejemplo, las cartas de sir Walter Raleigh) y que los gobernantes de Italia ya han iniciado. Porque es difícil sustraerse en Roma a esa abrumadora sensación de masculinidad sin paliativos; y al margen de cuál pueda ser el valor de la masculinidad sin paliativos en el Estado, cabe preguntarse cuál sería su efecto en el arte poético. De todos modos, según los periódicos, existe cierta preocupación por la literatura en Italia. Recientemente se ha celebrado un encuentro de académicos con el propósito de «desarrollar la novela italiana». «Hombres de noble linaje, financieros, industriales o miembros de las corporaciones fascistas» se reunieron hace unos días para debatir la cuestión y enviaron al Duce un telegrama en el que manifestaban la esperanza «de que la era fascista no tardará en alumbrar a un poeta digno de ella». Podemos sumarnos todos a esta esperanza infundada, aunque es poco probable que la poesía pueda salir de una incubadora. La poesía necesita una madre y un padre. El poema fascista, hay motivos para temerlo, será un aborto atroz, como los que se ven en esos frascos de cristal en los museos de una ciudad de provincias. Tales monstruos nunca viven mucho tiempo, suele decirse; jamás se ha visto a uno de esos prodigios segando la hierba en un campo. Un cuerpo con dos cabezas no tiene una esperanza de vida larga.

Ahora bien, la culpa de todo, si necesitamos buscar culpables, no reside en un sexo más que en el otro. Seductores y reformistas son responsables por igual. Lady Bessborough, por mentir a lord Granville; la señorita Davies por contarle la verdad al señor Greg. Todos los que han fomentado esa conciencia de la propia identidad sexual son culpables, y son ellos quienes me empujan, cuando me propongo ampliar mis horizontes con un libro, a buscar en sus páginas esa época feliz que precedió al momento en que nacieron la señorita Davies y la señorita Clough, cuando los escritores empleaban los dos lados de su mente por igual. No queda más remedio que regresar a Shakespeare, porque Shakespeare tenía una mente andrógina, como Keats y Sterne y Cowper y Lamb y Coleridge. Shelley tal vez fuera asexuado. Milton y Ben Jonson tenían un exceso de masculinidad. Lo mismo les ocurría a Wordsworth y a Tolstói. Ya en nuestro tiempo, Proust era del todo andrógino, incluso puede que excesivamente femenino. Claro está que se trata de un defecto demasiado infrecuente para reprochárselo, porque a falta de esa mezcla es el intelecto lo que tiende a predominar, y las demás facultades mentales se atrofian y se vuelven yermas. Me consolé de todos modos pensando que quizá esta sea una etapa de transición; mucho de cuanto os he dicho, cumpliendo así con la promesa de revelaros el curso de mis pensamientos, puede parecer pasado de moda; mucho de cuanto llamea ante mis ojos os parecerá dudoso a vosotras, que aún no habéis alcanzado la mayoría de edad.

Aun así, la primera frase que yo escribiría aquí, dije, acercándome al escritorio y cogiendo la cuartilla que llevaba por título «Las mujeres y la literatura», es que pensar en la propia condición sexual es una fatalidad para quien se proponga escribir. Es letal ser lisa y llanamente un hombre o una mujer; hay que ser un hombre femenino o una mujer masculina. Es letal que una mujer señale sus quejas, siquiera mínimamente; que defienda una causa, por justa que esta sea; que se exprese conscientemente como mujer. Y empleo la palabra «letal» en su sentido etimológico, pues todo lo que se escribe con ese sesgo consciente está abocado a morir. Es imposible que arraigue. Por brillante y eficaz, poderoso y magistral que pueda parecer durante uno o dos días, se marchitará inexorablemente al atardecer; no podrá crecer en las mentes de otros. Para que la mente pueda llevar a cabo el acto creativo es imprescindible la colaboración entre el hombre y la mujer. Debe consumarse alguna forma de unión entre los opuestos. La totalidad de la mente debe estar abierta si aspiramos a experimentar la sensación de que el escritor está comunicando su experiencia de una manera plena. Debe haber libertad y debe haber paz. No puede chirriar ningún engranaje; temblar ninguna luz. Las cortinas tienen que estar cerradas. El escritor, pensé, una vez ha vivido su experiencia, debe acostarse y dejar que su mente celebre sus nupcias en la oscuridad. No debe analizar ni cuestionar lo que está ocurriendo. Por el contrario, debe deshojar los pétalos de una rosa o contemplar la serenidad con que se deslizan los cisnes por el río. Y volví a figurarme la corriente que se llevó la barca con el estudiante y las hojas muertas; y el taxi se llevó al hombre y a la mujer, pensé, viéndolos cruzar la calle para encontrarse, y la corriente los arrastró, pensé, oyendo a lo lejos el rumor del tráfico de Londres, hacia aquel río tremendo.

Así, llegado este punto, Mary Beton deja de hablar. Ya os ha explicado cómo llegó a la conclusión —a la prosaica conclusión— de que es necesario disponer de quinientas libras al año y una habitación con llave para escribir novela o poesía. Ha tratado de mostrar al desnudo los pensamientos y las impresiones que la llevaron a formarse esta idea. Os ha pedido que la siguierais volando hasta los brazos de un bedel, a una comida aquí, a una cena allá, a hacer dibujos en el Museo Británico, a hojear libros y a mirar por la ventana. Mientras hacía todas estas cosas, seguramente habéis observado sus fallos y sus flaquezas, y habéis analizado su efecto en vuestras opiniones. Le habéis llevado la contraria y habéis añadido o deducido lo que os ha parecido más acertado. Así es como debe ser, porque en cuestiones como la que nos ocupa, la verdad solo se revela comparando numerosas variedades de error. Y terminaré ahora hablando en primera persona, anticipándome a dos críticas tan evidentes que difícilmente podríais dejar de hacerme.

No ha formulado ninguna opinión, podríais decir, sobre los méritos comparativos del hombre y la mujer, ni siquiera como escritores. Lo he hecho intencionadamente, pues, aunque hubiese llegado el momento de realizar semejante valoración —y hoy en día es mucho más importante saber cuánto dinero y cuántas habitaciones tenían las mujeres que teorizar acerca de sus capacidades—, aunque hubiese llegado el momento, no creo que esas cualidades, ya sean intelectuales o psicológicas, puedan pesarse como el azúcar y la mantequilla, ni siquiera en Cambridge, donde tan dados son a clasificar a las personas y a ponerles birretes en la cabeza o iniciales después del nombre. No creo que ni siquiera la Tabla de Precedencia que encontraréis en el Almanaque de Whitaker represente el orden definitivo de los valores, o que exista una razón fundada para suponer que un Maestro de la Locura precederá en el comedor a un Comendador de la Orden del Baño. Tanto enfrentamiento entre los sexos, tanta competencia de cualidades, tanta afirmación de superioridad e imputación de inferioridad pertenecen a la etapa de las escuelas privadas de la existencia humana, en la que hay dos «bandos» enfrentados y uno de ellos tiene que derrotar al otro y es importantísimo subir a una tribuna y recibir un trofeo de manos del director. Las personas, cuando maduran, dejan de creer en bandos enfrentados, en directores o en trofeos. Al menos, en lo que a los libros se refiere, es sumamente difícil poner etiquetas de mérito con la certeza de que nunca se desprenderán. ¿Acaso no son las reseñas literarias actuales una perpetua ilustración de la dificultad que entraña la crítica? «Este gran libro», «este libro insignificante»; el mismo libro merece ambos calificativos. Ni el elogio ni el descrédito significan nada. Por delicioso que resulte, el pasatiempo de medir es la más vana de las ocupaciones, y someterse a los decretos de los medidores, la más servil de las actitudes. Lo que importa es que escribáis lo que queréis escribir; y nadie sabe si perdurará siglos o solo tendrá importancia por espacio de unas horas. Pero sacrificar una pizca de vuestra visión, un solo matiz de su color en deferencia a un director que sostiene una copa de plata en la mano, a un profesor que oculta una vara de medir en la manga, es la más ruin de las traiciones; en comparación con esto, el sacrificio de la riqueza y la castidad que antiguamente se tenía por el peor de los desastres para un ser humano es una nimiedad.

Quizá me reprochéis el haber dado demasiada importancia a las cosas materiales. Aun concediendo un amplio margen al simbolismo de que esas quinientas libras al año signifiquen el poder de contemplar y esa cerradura en la puerta el poder de pensar por uno mismo, quizá podríais decir que la mente debería estar por encima de estas cosas; y que los grandes poetas a menudo han sido pobres. Permitidme que cite las palabras de vuestro profesor de literatura, quien sabe mejor que yo lo que hace falta para ser poeta. Sir Arthur Quiller-Couch dice:[13]

«¿Quiénes son los grandes poetas de los últimos siglos? Coleridge, Wordsworth, Byron, Shelley, Landor, Keats, Tennyson, Browning, Arnold, Morris, Rossetti, Swinburne... Parémonos aquí. Todos menos Keats, Browning y Rossetti eran universitarios; y solo Keats, que murió joven, en la flor de la vida, era el único que no gozaba de una posición acomodada. Puede parecer brutal y es muy triste decirlo, pero es un hecho cierto que la teoría según la cual el genio poético sopla donde le place, que inspira por igual a ricos y pobres, contiene muy poca verdad. Es un hecho cierto que nueve de esos doce poetas eran universitarios, lo que significa que, de una u otra manera, contaban con los medios para acceder a la mejor educación que se ofrece en Inglaterra. Es un hecho cierto que de los tres restantes, Browning era un hombre adinerado, como es bien sabido, y me atrevo a afirmar que de lo contrario no habría podido escribir *Saúl* o *El anillo y el libro,* como tampoco Ruskin hubiera podido escribir sus *Pintores modernos* de no haber sido su padre un próspero hombre de negocios. Rossetti contaba con una pequeña renta personal, y además era pintor. Solo nos queda Keats, a quien *Acherontia Atropos,* la esfinge de la calavera, asesinó joven, lo mismo que asesinó a John Clare en un manicomio, y a James Thomson con el láudano que tomaba para mitigar su decepción. Es una realidad terrible, pero debemos afrontarla. Por más que nos deshonre como nación, es incuestionable que, por alguna carencia de nuestro sistema de bienestar social, el

---

13   *The Art of Writing.*

poeta pobre no tiene hoy la más mínima oportunidad, como no la tuvo en los doscientos años anteriores. Créanme si les digo —y he dedicado buena parte de una década al estudio de unas trescientas veinte escuelas primarias— que, si bien hoy se habla mucho de la democracia, lo cierto es que un niño pobre en Inglaterra sigue teniendo en la actualidad las mismas esperanzas de alcanzar esa libertad intelectual de la que nace la gran literatura que tenía el hijo de un esclavo ateniense de emanciparse».

Nadie podría exponer la cuestión de una forma más clara. «El poeta pobre no tiene hoy ninguna oportunidad, como no la tuvo en los doscientos años anteriores. [...] Un niño pobre en Inglaterra sigue teniendo en la actualidad las mismas esperanzas de alcanzar esa libertad intelectual de la que nace la gran literatura que tenía el hijo de un esclavo ateniense de emanciparse.» Así es. La libertad intelectual depende de cuestiones materiales. La poesía depende de la libertad intelectual. Y las mujeres siempre han sido pobres, no solo en los dos últimos siglos, sino desde el origen de los tiempos. Las mujeres han gozado de menos libertad intelectual que los hijos de los esclavos atenienses. Las mujeres no han tenido ninguna oportunidad de escribir poesía, por eso he puesto tanto énfasis en la cuestión del dinero y la habitación propia. De todos modos, gracias a los esfuerzos de esas mujeres anónimas del pasado, de quienes me gustaría que supiéramos más cosas, gracias curiosamente a dos guerras —la de Crimea que sacó a Florence Nightingale de su sala de estar, y la Primera Guerra Mundial, que abrió las puertas a las mujeres corrientes unos sesenta años más tarde—, estos males están en vías de repararse. De lo contrario esta noche no estaríais aquí, y vuestra oportunidad de ganar quinientas libras al año, aunque me temo que siga siendo escasa, sería ínfima.

Aun así, podríais objetar, ¿por qué concede tanta importancia al hecho de que las mujeres escriban libros, cuando, según dice usted misma requiere tanto esfuerzo, incluso podría llevarla a una a asesinar a su tía, casi con seguridad le hará llegar tarde a la mesa y quizá pudiera suscitar disputas graves con personas excelentes? Mis razones, lo confieso, son en parte egoístas. Como a la mayoría de las mujeres inglesas que no han recibido una educación, me gusta leer, me gusta leer montones de libros. De un tiempo a esta parte mi dieta se ha vuelto algo monótona: la historia se ocupa demasiado de las guerras; la biografía se ocupa demasiado de los grandes hombres; la poesía, en mi opinión, se ha mostrado proclive a la esterilidad, y la novela... Creo que ya he expuesto suficientemente mi ineptitud para criticar la novela moderna, por lo que no diré nada más al respecto. Os pido por tanto que leáis toda clase de libros, sin titubear ante ningún tema, por trivial o inabarcable que parezca. Por las buenas o por las malas, espero que contéis con dinero suficiente para viajar y disfrutar de tiempo libre, para contemplar el futuro o el pasado del mundo, para soñar gracias a los libros y callejear sin rumbo y hundir la caña del pensamiento en el río. Pues no es mi intención que os limitéis a la novela. Me complacería mucho —y hay miles como yo— que escribierais libros de viaje y de aventura, de investigación y erudición, de historia y biografía, de crítica, filosofía y ciencia. A buen seguro que la novela se beneficiaría mucho con ello, porque los libros se influyen mutuamente. La novela sería mucho mejor si conviviera con la poesía y la filosofía. Además, si pensáis en alguna de las grandes figuras literarias del pasado, como Safo o lady Murasaki o Emily Brontë, veréis que todas ellas son herederas a la vez que iniciadoras, y que han cobrado vida porque las mujeres han adquirido con naturalidad la costumbre de escribir; por eso sería muy valioso que también vosotras desarrolléis esta actividad, incluso como preludio a la poesía.

Cuando repaso estas notas y analizo el devenir de mis pensamientos mientras las tomaba, caigo en la cuenta de que mis razones no eran del todo egoístas. Estos comentarios y digresiones están animados por la convicción —¿o es el instinto?— de que los buenos libros son deseables, y los buenos escritores, aun cuando nos revelen toda suerte de depravaciones humanas, siguen siendo buenos seres humanos. Por eso, cuando os pido que escribáis más libros, os estoy instando a hacer algo beneficioso para vosotras y para el mundo en general. Cómo justificar este instinto o esta creencia, no lo sé, pues las palabras filosóficas, cuando uno no se ha educado en la universidad, pueden jugarnos una mala pasada. ¿Qué se entiende por «realidad»? La realidad parece ser muy errática, muy poco previsible: tan pronto la encontramos en el polvo del camino como en un recorte de periódico tirado en la calle o en un narciso al sol. La realidad ilumina a un grupo de personas reunidas en una habitación y registra algún comentario casual. La realidad nos desborda cuando volvemos a casa paseando bajo las estrellas, y transforma el mundo del silencio en algo más real que el mundo de las palabras. Y vuelve a sorprendernos en un ómnibus, en medio del estruendo de Picadilly. A veces, también, parece habitar en formas demasiado distantes para que podamos discernir su naturaleza. Sin embargo, la realidad fija todo cuanto toca y lo vuelve permanente. Eso es lo que queda cuando el día se desprende de su piel y la arroja entre los setos; es lo que queda del pasado, de nuestros amores y nuestros odios. Creo, sin embargo, que el escritor tiene la oportunidad de vivir con mayor intensidad que otras personas la presencia de esta realidad. Su tarea consiste en descubrirla y revelarla al resto del mundo. Al menos eso deduzco de la lectura de *El rey Lear,* de *Emma,* o de *En busca del tiempo perdido.* Porque la lectura de estos libros parece ejercer sobre nuestros sentidos un curioso efecto balsámico; nos hace ver las cosas con mayor intensidad; parece despojar al mundo de un velo y dotarlo de una vida más intensa. Las personas que viven enemistadas con la irrealidad son envidiables, mientras que aquellas a quienes los hechos les caen como un mazazo en la cabeza, sin darse cuenta, son dignas de lástima. Por eso cuando os pido que ganéis dinero y dispongáis de una habitación propia, os estoy pidiendo que viváis en presencia de la realidad, que llevéis una vida más estimulante, tanto si sois capaces de comunicarlo como si no.

Me gustaría detenerme aquí, pero la convención exige que todo discurso concluya con una perorata. Y convendréis conmigo en que una perorata dirigida a las mujeres debe contener algo especialmente exaltante y ennoblecedor. Debería suplicaros que tengáis presentes vuestras responsabilidades, que seáis más elevadas, más espirituales. Debería recordaros cuántas cosas dependen de vosotras y la influencia que podéis ejercer sobre el futuro. Creo, sin embargo, que esta clase de exhortaciones es mejor dejarlas para el otro sexo, que sabrá expresarlas, como de hecho ya ha demostrado, con mucha más elocuencia de la que yo soy capaz. Cuando busco dentro de mí no encuentro esos nobles sentimientos que nos mueven a ser compañeros e iguales y a impulsar el mundo hacia fines más elevados. Me sorprendo diciendo breve y escuetamente que lo más importante, por encima de todo, es ser uno mismo. No soñéis con influir en los demás, diría, si supiera decirlo con exaltación. Pensad en las cosas tal como son.

Y una vez más, al sumergirme en periódicos, novelas y biografías, recuerdo que cuando una mujer se dirige a otras mujeres, su tarea es por fuerza muy ingrata. Las mujeres son severas con las mujeres. A las mujeres no les gustan las mujeres. Las mujeres... ¿no estáis hartas de esta palabra? Yo sí, os lo aseguro. Convengamos pues en que una conferencia pronunciada por una mujer a otras mujeres tiene que concluir con algo particularmente desagradable.

Pero ¿cómo se hace? ¿Qué se me ocurre? Lo cierto es que, en general, a mí me gustan las mujeres. Me gusta su falta de convencionalismo. Me gusta su sutileza. Me gusta su anonimato. Me gusta... aunque más vale que no siga por ese camino. Ese armario... decís que solo contiene servilletas limpias, pero ¿y si sir Archibald Bodkin estuviera escondido entre ellas? Adoptaré, si me lo permitís, un tono más severo. ¿He sido capaz de transmitiros, con las palabras precedentes, las advertencias y la reprobación del género masculino? Os he contado la baja estima en que os tenía el señor Oscar Browning. He señalado lo que Napoleón pensaba de vosotras y lo que piensa Mussolini. Además, por si alguna de vosotras aspira a escribir novelas, he copiado para vuestro beneficio los consejos del crítico, que os insta a reconocer con valentía las limitaciones de vuestro sexo. Me he referido al profesor X y he destacado su afirmación de que las mujeres son intelectual, moral y físicamente inferiores a los hombres. Os he ofrecido cuanto ha llegado a mis manos sin buscarlo, y he aquí una última advertencia, del señor John Langdon Davies.[14] El señor Langdon Davies advierte a las mujeres que «cuando los hijos dejen de ser deseables, las mujeres dejarán de ser necesarias». Espero que toméis buena nota de sus palabras.

¿Qué más puedo decir para animaros a afrontar la tarea de la vida? Muchachas, podría deciros, y os ruego que prestéis atención, porque ahora empieza la perorata, vuestra ignorancia, en mi opinión, es vergonzosa. Nunca habéis realizado ningún descubrimiento de importancia. No habéis derribado imperios ni conducido ejércitos al campo de batalla. No habéis escrito las obras de Shakespeare, ni habéis ofrecido a los bárbaros las maravillas de la civilización. ¿Qué excusa tenéis? Señalando las calles, las plazas y los bosques del planeta, habitados por multitudes negras, blancas y color café, tan atareadas en sus desplazamientos, en sus empresas, en hacer el amor, os contentáis con decir que teníais otros asuntos entre manos. Sin nosotras, decís, nadie habría surcado esos mares y esas tierras fértiles serían un desierto. Hemos dado a luz, criado, lavado y enseñado, puede que hasta la edad de seis o siete años, a los mil seiscientos veintitrés millones de seres humanos que, según las estadísticas, pueblan el mundo, y eso, aun contando con alguna ayuda, lleva su tiempo.

---

14 *A Short History of Women.*

Hay algo de verdad en lo que decís, no voy a negarlo. Pero, permitidme al mismo tiempo recordaros que existen en Inglaterra dos universidades femeninas desde el año 1866; que a partir de 1880 la ley reconoció a las mujeres casadas la propiedad de sus bienes; y que en 1919 —hace ya nueve años— se otorgó a la mujer el derecho a votar. Permitidme también recordaros que podéis acceder a la mayoría de las profesiones desde hace casi diez años. Si reflexionáis sobre estos inmensos privilegios y el tiempo transcurrido desde que disfrutáis de ellos, y sobre el hecho de que en este momento debe de haber alrededor de dos mil mujeres capaces de ganar quinientas libras al año de un modo u otro, admitiréis que la excusa de la falta de oportunidades, de educación, de estímulo, de ocio y de dinero ya no es válida. Además, los economistas señalan que la señora Seton ha tenido demasiados hijos. Debéis seguir teniendo hijos, naturalmente, pero dos o tres, no diez o doce.

Así, con un poco de tiempo en vuestras manos y algunos conocimientos librescos —de los demás ya tenéis suficientes; además, sospecho que os envían a la universidad en parte para deseducaros—, estoy segura de que deberíais emprender una nueva etapa en vuestra larga, laboriosa y oscura carrera. Un millar de plumas están preparadas para indicaros lo que tenéis que hacer y qué efecto produciréis. Reconozco que mi sugerencia es un tanto fantástica; prefiero por tanto presentarla como una ficción.

Ya os he dicho que Shakespeare tenía una hermana, pero no la busquéis en la biografía de sir Sidney Lee sobre el poeta. La hermana murió joven, y por desgracia jamás escribió una palabra. Está enterrada donde paran los ómnibus, frente al Elephant and Castle. Ahora bien, estoy convencida de que esta poetisa que jamás escribió una palabra y está enterrada en un cruce vive todavía. Vive en vosotras y en mí, y en muchas otras mujeres que no se encuentran aquí esta noche, porque están lavando los platos y acostando a los niños. Pero vive. Porque los grandes poetas nunca mueren; son presencias eternas; solo necesitan la oportunidad de andar entre nosotros como personas de carne y hueso. Y creo que pronto estaréis en condiciones de ofrecer a la hermana de Shakespeare esa oportunidad. Porque estoy convencida de que si vivimos otros cien años —me refiero a la vida colectiva, que es la vida real, no a las vidas separadas que llevamos individualmente— y disponemos de quinientas libras al año y una habitación propia; si adquirimos la costumbre de ser libres y tenemos la valentía de escribir exactamente lo que pensamos; si salimos de vez en cuando de la sala de estar y vemos a los seres humanos no siempre en relación los unos con los otros, sino en relación con la realidad; si vemos también el cielo, y los árboles, o lo que sea, tal como son; si miramos más allá del ogro de Milton, porque ningún ser humano debe vivir encerrado; si afrontamos el hecho, pues es un hecho, de que no hay brazo del que asirse, y de que estamos solas, y de que estamos relacionadas con el mundo de la realidad y no solo con el mundo de los hombres y las mujeres, entonces esa oportunidad se presentará y la poetisa muerta que fue hermana de Shakespeare recuperará el cuerpo del que tantas veces se ha desprendido. Nacerá, extrayendo su vida de las vidas de sus predecesoras desconocidas, como hiciera su hermano antes que ella. Que pueda venir a este mundo sin esa preparación, sin ese esfuerzo de nuestra parte, sin la determinación de que cuando renazca le sea posible vivir y escribir su poesía, es algo que no podemos esperar, pues sería imposible. Pero sostengo que vendrá si trabajamos por ella, y que ese esfuerzo, aun en la pobreza y en el anonimato, bien merece la pena.